長編時代官能小説

うたかた絵巻

睦月影郎

祥伝社文庫

目次

第一章 魔性の力を秘めた少女 7
第二章 旗本娘のいけない欲望 48
第三章 天神小町は果実の匂い 89
第四章 美女に看護される悦び 130
第五章 斬魔の剣にて妖気昇天 171
第六章 蜜汁に濡れた花嫁衣装 212

第一章　魔性の力を秘めた少女

一

（ああ、良かった。今夜はあそこへ泊まろう……）

竜介《りゅうすけ》は宿場の外れにある古寺を見つけ、ほっとしながらそちらへ向かいはじめた。

鶴川《つるかわ》村を出て二日目。内藤新宿《ないとうしんじゅく》は目と鼻の先というのに日が暮れ、ここでまた一泊したら宿賃が勿体《もったい》ないと思っていたところだ。

ここは、下高井戸《しもたかいど》あたりだろうか。

関所を越え、小仏《こぼとけ》峠の難所を越えてひたすら甲州《こうしゅう》街道を上り、昨夜は日野《ひの》の宿に一泊した。そして何とか今夜中に、目当ての小石川《こいしかわ》へ行きたかったが、何せ初めての旅だし体もひ弱なため、すぐにも足が棒のように固くなって、なかなか思うように前へ進んでくれなくなっていたのである。

竜介は十七歳になったばかり。甲府《こうふ》の外れにある鶴川村の百姓の倅《せがれ》だった。

今回は、名主直々の命により、小石川養生所にて医学を学ぶことになったのだ。手習いで、最も成績が優秀だから選ばれたのだが、これには本人はもとより親や兄たちも大喜びだった。

何しろ竜介は、名に似合わず非力で、畑仕事の役には立たなかったのだ。それが、医師として村へ帰ればそれなりの地位や待遇が約束されているのだ。

竜介も、村の仕事の足手まといになるよりは、少しでも自分に合った仕事を見つけて皆の役に立ちたいと思っていたから、願ってもないことだった。

期間は一年である。今まで医者の居ない村だったから、何かと重宝されるだろうし、多くの患者を診《み》るうち、すぐにも慣れてゆくことだろう。

(うん……?)

竜介は、荒れ果てた境内《けいだい》に入ったが、ふと足を止めた。

無人だと思っていたが、本堂から灯《あか》りが洩《も》れているではないか。

自分のような旅の者が宿にしているなら良いが、流れ者の破落戸《ごろつき》が賭場《とば》でも開いていたら近寄らない方が良いだろう。

それでも様子だけ見ようと、恐る恐る本堂へと近づいていくと、竜介はいきなり何かにつまずいてよろけた。

「ひッ……！」

振り返った竜介は、いきなり息を呑んで尻餅を突いた。自分のつまずいたものが、月明かりに照らされたのである。それは、初老の男の死骸だった。

目を見開き、左の首から袈裟《けさ》に斬られた無念の形相《ぎょうそう》で、手は空を摑《つか》んだままだった。

「誰だ！」

本堂の障子が荒々しく開けられ、一人の男が下りてきた。

竜介は逃げようにも腰が抜け、もちろん護身用の道中差しを抜くような気力も湧かなかった。

「てめえ一人か。見やがったな！」

男は怒鳴り、竜介の襟《えり》首を摑んで引き起こした。

「み、見たも何も、私は……」

「いいから来やがれ！」

屈強な男は竜介を引きずるように古びた階段を上がり、彼を本堂の床へと投げつけた。

「なんだ、そいつは」

中の男が言う。破落戸は全部で五人。みな髭面《ひげづら》の大男ばかりだった。

「覗《のぞ》いていやがったんだ」

「わ、私は、決して……」

竜介は必死にかぶりを振りながらも、最も見てはいけないものを見てしまった。

それは、本尊のいない須弥壇《しゅみだん》にくくりつけられた娘の姿だった。振り袖はちぎれ、胸元も裾《すそ》も乱れに乱れ、大の字にされ両手両足をそれぞれ須弥壇の四隅の柱に縛《いまし》められているではないか。手拭いで猿轡《さるぐつわ》を嚙《か》まされているが、年の頃なら十七、八、何とも輝くような美貌である。

「そんな小僧、とっとと叩ッ斬れ！」

「いやいや、娘を抱くにも、二回りもすれば気が済むだろう。そのあと、この小僧にもやらせてやるのさ。その上で娘もろとも串刺しにしてズラかろうじゃないか」

竜介の襟首を押さえつけ、いち早く道中差しを引き抜いて遠くへ投げた男が言った。

「なあるほど。それも面白え」

他の男たちも下卑《げび》た笑みを浮かべて頷《うなず》き、竜介よりも美貌の娘の方へと関心を戻した。

四肢を縛められ、娘はもがく気力もなくグッタリとなっていた。おそらく、外で死んでいる初老の男が、彼女の付き添いだったのだろう。それを目の前で殺されたのだから無理もなかった。

男たちは、やはり流れ者のヤクザで、江戸を引き払う前の、最後の悪事と言うところだろうか。

「何て白い肌だ。もちろん生娘《きむすめ》だろうな」

須弥壇にいた男たちが、とうとう彼女の裾を完全にめくり、胸元を左右に開いた。

「アアーッ……！」

乳房と陰戸《ほと》が露わにされると、激しい羞恥《しゅうち》と恐怖も極に達し、彼女は声を洩らしたかと思うと、とうとうガックリと気を失ってしまった。

その瞬間、震えながら成り行きを見ていた竜介は、何やら急に本堂内の空気が変わったことに気づいた。どこがどう、と言うわけではないのだが、その異変に、五人も気づきはじめたようだ。

「なんだ……？」

「どうした……」

連中が周囲を見回しはじめた。

すると、目に見えなかった異変が、徐々に形を現わしはじめたのだ。

まず、須弥壇の真上にある伽藍《がらん》の飾りが、からからと音を立てて揺れはじめた。

しかし地震ではない。

続いて、何本かの燈明《とうみょう》がユラユラと大きく揺らぎはじめ、娘が大の字になっている須弥壇そのものが、いつしかカタカタと振動しはじめたのだ。

「なんだ、これは」

「まさか、浮かぶんじゃねえか……？」

未知の危険を察したように、須弥壇にいた男たちが本堂の床へと飛び降りた。確かに、大きな須弥壇が、今にも宙に舞いそうに動いていた。

「何やってんだ。さっさとやらねえなら俺が」

別の男が須弥壇に登ろうとすると、さらに別の男も登ろうとする。いつしか、入り乱れての仲間割れになった。

（殺し合え……！）

竜介は、心の内に響く、そんな声を聞いた。

誰が言ったのか分からない。とにかく竜介は、自分を押さえつけていた男までが仲間割れの輪に入り、長脇差《ながどす》を抜いて斬り合いはじめた様子を、呆然と眺めていた。

「な、なにしやがるんだ。てめえ……！」

「てめえこそ、何で俺を……！」

互いに腹や首を刺し合い、誰が味方で誰が敵かも分からず、五人はいつしか血まみれになり、苦悶しながら崩《くず》れていった。

しばし痙攣《けいれん》していた男たちも静かになり、やがて全員が絶命してしまった。床には、みるみる血の海が広がっていく。

と、倒れた燈明の火が古障子に移りはじめていた。

「た、大変……」

竜介は、ようやく抜けていた腰を立て直し、自分の道中差しを拾って腰に差しながら、もう揺れの収まっている須弥壇に登って娘の縛めを解きはじめた。

(お前、誰……)

また、強い念が胸の奥に響いてきた。

「わ、私は、鶴川村の竜介。こいつらとは違います……」

竜介は声に出して答え、まだ昏睡《こんすい》している娘を見下ろした。思わず、大股開きになった陰戸が目に飛び込んできた。もちろん竜介はまだ無垢《むく》で、女の身体を見るのは、これが生まれて初めてだった。

(舐めて……)

「そ、そんな場合では……」

(早く……！)

声にならぬ声が頭の奥に響いた途端、竜介は強い力で吸い寄せられ、いつしかギュッと娘の股間に顔を埋め込んでいた。

「く……！」

柔らかな若草に鼻が埋まり、甘ったるい汗の匂いとほのかな刺激のあるゆばりの香りが鼻腔を掻き回してきた。舌を這《は》わせると、おそらく拐《かどわ》かされたときに失禁したのだろう、ゆばりの味がしたが、すぐにも内から溢《あふ》れる蜜汁の方が多くなってきた。

舌で柔肉を探ると、舌先がこりっとした小さな突起に触れた。

（そこ……！　ああ……、気持ちいい……）

胸の奥に甘ったるい声が響き渡り、昏睡したままの娘の肌が、うねうねと悩ましく悶《もだ》えはじめてきた。

火は障子から天井に移り、いつしかメラメラと音を立て、雪のように火の粉が舞いはじめていた。それなのに竜介は身動き一つできず、舌の動きを止めることも出来なくなっていた。

蜜汁は淡い酸味を含み、娘の痙攣も激しくなってきた。

と、その時とうとう燃え尽きた柱の一本がこちらに倒れてきた。

すると大きな須弥壇が二人を乗せたまま、それを避けるようにズズッと横滑りしたのである。

竜介には、何が何だか分からなかった。

「ああーッ……！」

とうとう娘本人が声を上げ、急に痙攣が止んでグッタリとなった。

同時に竜介の呪縛《じゅばく》も解け、身動きできるようになった。

「た、大変だあ……！」

彼は大慌てで娘の縛めを解き、着物の乱れを直す余裕もなく懸命に須弥壇から抱え下ろし、必死の思いで燃えさかる本堂から転がり出たのだった。

そして失神している娘を引きずりながら、竜介は一緒になって地を這い、朦朧《もうろう》とする意識の中で、鳴り続ける半鐘の音を聞いた。

二

「それで、殺されたのは、美和《みわ》とやら、その方の身内か」

内藤新宿の番屋で、取り調べの与力が言った。

翌朝である。あれから火を見て駆けつけた村の人たちに竜介と彼女は助け出され、番屋で一夜を明かしたのだった。

無人の古寺が焼け、他に類焼は出なかったが、何しろ六人が死んでいるから大事件として、岡っ引きや同心ではなく、奉行所から与力が出向いてきたのである。

「はい、うちの番頭で乙松《おとまつ》と申します。一緒に、府中《ふちゅう》へ向かうところでございました」

美和と名乗った娘が、涙ながらに答えた。

家は、湯島《ゆしま》で越中屋《えっちゅうや》という薬種問屋をしていると言う。府中には遠戚がおり、そちらで美和は気鬱《きうつ》の病《やまい》の療養をするつもりだったようだ。

「それで、その方が縛られているとき、もう一人、竜介と申したか、お前も捕えられたのだな」

与力がこちらに目を向けたので、竜介は答えた。

「はい。一夜の宿にと思い近づいたら、境内で人が死んでいるので思わず声を洩らし、気づかれてたちまち引っ張り込まれました」

「それで、そのあとは」

「私は、この方が入ってきて間もなく気を失い、あとのことは存じません」

美和が言うと、今度は竜介の話す番となった。

「あまり、お嬢様にお聞かせしたくない話なのでございますが……」

竜介が言うと、与力は気を利かせ、美和を別室で休ませてくれた。

「有難う存じます。あまりに生々しい話なので」

「良い。有り体に申してみよ」

「五人の破落戸は、あのお嬢様を順々に犯すつもりでした。しかし二回りもすれば飽きるだろうから、そうしたら私にもさせ、最後に二人一緒に串刺しにしてズラかろうと、そのように言っておりました」

「ふむ……、下種《げす》な奴らの考えそうなことだ」

与力は怒りに眉根を寄せ、美和がいなくなったため言葉遣いも砕けてきた。

「しかし、そのため私は生き延びることが出来ました」

「それで、どのような争いとなった」

「それが、順番で揉めていたようで、一人が刀を抜くと、もうあとはわけも分からず斬り合いとなり」

竜介は、異変に関しては言わなかった。いくら説明しても、理解してもらうことは難しいと思い、それより順番争いの方がずっと分かりやすく、ああした連中なら有り得ることだろうと思ったのだ。

「左様か。なりは人でも、中身は畜生どもだ。そんなところだろう。その方の道中差しもあらためたが、これには血糊もない」

与力は言い、竜介の道中差しを返してきた。もっとも、あらためるまでもなく、竜介が誰かを攻撃できるかどうかなど、誰が見ても一目瞭然だろう。

「とにかく、五人が仲間割れして倒れてしまうと、私はあのお嬢様の縄を解くのに夢中でした。争いの間に何本もの蠟燭《ろうそく》が倒れ、とても消す余裕もなく火が広がりはじめていたのでございます」

「なるほど。美和を助け、境内で庇《かば》うように気を失っているその方を、多くの村人が見ている。委細は分かった」

与力は頷いて言った。

「五人の破落戸は自業自得の死。殺された乙松は不幸であったが、その方、竜介は美和を救った手柄で報奨が出よう。江戸での住まいは」

「いいえ、報奨などどうかご無用に。私は、今日から小石川の養生所で働くのです。少しでも多くの方を助けるため、医術を学びに江戸へ出て参りました」

竜介は言い、懐中から名主の紹介状を出して見せた。

「ほほう、それは殊勝な。居所がはっきりしていれば良い。この一件は落着とする。気をつけて参れ」

「はい。ではこれにて」

竜介は書類を懐中に戻し、道中差しを帯び、もう一度一礼をして番屋を出た。

内藤新宿は、思っていた以上に賑《にぎ》やかな宿場だった。

さて、小石川はどちらか。いや、腹も減っているし、行っていきなりこき使われるのも少々面倒だった。何しろ昨夜は番屋の固い床に筵《むしろ》を敷いて仮眠しただけなのだ。

「竜介さん」

すると、声をかけてきたものがいた。

見ると、先に番屋を解放されたらしい美和である。それに、知らせを受けて迎えに来た母親であろうか、三十代半ばの女が一緒だった。

「やあ、災難でしたね。番頭さんのこと、お悔《く》やみ申し上げます」

「いいえ、こちらこそ、大変にお世話になりまして。私は、美和の母親の八重《やえ》と申します。どうか、まずは湯島へお越しくださいますよう」

八重と名乗った女が言う。すでに駕籠《かご》が三挺も用意されているではないか。

「い、いえ、私は小石川の養生所へ行かないと……」

「養生所へは、うちからも多くの薬種を卸しております。知り合いもございますから、お昼過ぎにでもご一緒に参りましょう。その前に、どうぞ私どもの家へ。これの父親も今か今かと帰りを待っておりますので」

言われるまま、竜介は引っ張られるように駕籠へ乗せられてしまった。

もちろん村には駕籠などなかったから、乗るのは生まれて初めてである。下がった紐《ひも》に摑まると、たちまち駕籠は走りはじめた。

たいそう揺れるが、次第に調子を合わせて腰を浮かせることに慣れ、竜介も周囲の景色を眺める余裕が出てきた。

内藤新宿が江戸の西の外れで、東の外れが両国《りょうごく》、その間に神田《かんだ》や日本橋《にほんばし》があることぐらいしか知らず、湯島がどの辺りかもよく分からなかったが、どこも店が軒を連ね、通行人や物売りがひっきりなしに行き交っている様子は、駕籠でなくとも目が回りそうだった。

何だか、塀の野良猫や空を行く鳶《とび》までが、気忙《きぜわ》しそうに見えたものだ。

やがて四半刻（三十分）足らずで着いたらしく、ようやく竜介は駕籠から下りた。

「あれが湯島天神。うちはこっちです」

美和がほんのり頰を染めて言い、竜介は周囲を見回してから、美しい母娘に従った。

天神の杜《もり》や社《やしろ》が見え、多くの参拝者がいるようだ。通りには大店《おおだな》が並び、越中屋も周囲に引けを取らない大きな店構えだった。

「お美和！　よく無事で……！」

飛び出してきたのは、美和の父親だろう。あとで聞くと、この店は八重のもので、彼は婿養子らしい。

とにかく母屋の座敷に上げられ、竜介は主人の正吉《しょうきち》から何度も礼を言われた。やはり一人娘で、相当に溺愛しているようだ。

竜介は遠慮しながらも、どんどん出される料理に箸《はし》を付け、思いもかけない歓待に混乱していた。混乱と言えば、美和の可憐な淑《しと》やかさと、昨夜、心に響いてきた淫らな声は何だったのか、それがいつまでも彼の股間を熱くさせていたのだった。

そして今も、美和の若草の匂いと蜜汁の味、陰戸の柔肉や小さな突起の舌触りがありありと鼻腔や舌に残っていた。

もちろん美和は失神していたのだから、何も覚えていないのだろう。

「左様ですか。養生所でお働きに。それならば、当方も何かお手伝いできるかもしれません。今後とも、どうか長いお付き合いのほどを」

正吉が言い、酒まで出してくるので、さすがにそれは固辞した。もともと飲める方ではないし、何しろこれから働くのである。

今まで口にしたこともなかった山海の珍味を堪能し、もう充分というところで昼過ぎとなった。

「では、私はそろそろこれにて。ご馳走になりっぱなしで申し訳ございませんが」

竜介が座り直して言うと、さすがに正吉も八重もそれ以上は引き留めなかった。

美和は名残惜《なごりお》しそうにしていたが、しおらしく辞儀をしただけで彼を見送ってくれた。

すると八重は、ちょうど薬草を納めるのだと言い、一緒に湯島を出た。

「ここから本郷《ほんごう》を抜けると、すぐ小石川ですので」

八重が道案内してくれ、竜介もだいぶ人の多さに慣れてきた。

「お美和さんは、大丈夫ですか？　府中へ療養に行くはずだったのでしょう」

「ええ……」

「どこかお加減が？」

「何か、ございました？　昨夜……」

八重が、歩きながら竜介に目を向けてきた。

どことなく美和に似て、さらに熟《う》れた色気が匂うようだった。赤い唇から、滑らかな光沢のあるお歯黒が覗き、切れ長の眼差しが彼の心を探っているようだ。

「その、ものが急に揺れたり……」

「ああ、やはり……」

八重は小さく息を吐き、ようやく彼から目をそらして言った。

「では、仲間割れというのは、あの子がさせたことなのですね」

「え……？」

彼女の言葉に、竜介は驚いた。どうやら母親である八重は、美和の不思議な力のことを知っているようだった。

「もし、番屋で話さなかったことまで、私に全て言ってくださるのでしたら、何もかもお話ししますけれど」

「はあ、できれば伺《うかが》いたいです……」

「ならば少しお時間を。そこへ入りましょう」

八重は言い、通りを外れると、さっさと一軒の家に入っていってしまった。

三

「ここは、その……」

「ええ、待合いです。ここなら何をお話ししても大丈夫ですから」

奥の部屋へ通され、竜介は戸惑っていた。何しろ床が敷き延べられ、枕が二つ並んでいるのだ。ここが、噂《うわさ》に聞く男女の密会の場所、出合い茶屋なのだろう。

とにかく気を取り直し、竜介は昨夜あったことを全て正直に話した。

美和が気を失ってから、須弥壇が小刻みに揺れ、燈明が倒れ、破落戸たちが仲間割れをはじめた。その最中に、殺し合え、と言うような声を心の奥に感じたこと。

そして連中が全滅し、縛めを解こうとした竜介に、陰戸を舐めるよう心の声で強要し、気を遣《や》ると大人しくなったことまで話した。

「そうですか……」

八重は頷いた。

彼女が、あまり驚いていないことが竜介には意外だった。

「では、似たようなことが……?」

「ええ……、あの子は……」

今度は八重が話しはじめた。

「親の口から言うのも何ですが、お美和は天神小町《てんじんこまち》と言われるほどの器量よしです。子供の頃までは何ともなかったのですが、変わったのは、月のものが始まった頃、二年前だから十六の時でしたか、眠りながら、オサネをいじる癖が付いてしまったのです」

オサネとは、昨夜竜介が舐めさせられた陰戸の上部にある突起のことだろう。

「気づかぬうちにいじっていたようですが、いつか自分で分かるようになると、たいそういけないことをしていると自分を責め、手を縛って寝るようになりました。すると」

「すると？」

「地震でもないのに部屋が揺れたり、置かれているこけしが宙に浮いたりするようになりました」

「うわ……」

「それから、町内でも評判の女たらしの若旦那がお美和に声をかけたときも、よほどあの子は嫌だったのでしょう。逃げようとしたのを、よせばいいのに追いかけて」

「それで……？」

「お美和に触ろうとした途端、指の爪がみんな剝《は》がれてしまい」

「うわあ……、それは怖い……」

「最初は、天神様が守ってくれているのだろうと言い聞かせたのですが、その若旦那も変に言いふらしたもので、今は天神様ではなく、物の怪《け》が憑《つ》いているのではという噂が立ってしまい」

「それはお気の毒です……」

「ですから婿の口もなく、少し湯島を離れさせようとしたのですが」

「そうでしたか……。で、お美和さんを産んだお母さんは、お若い頃にそうしたことは?」

竜介は訊《き》いてみた。あるいは、代々の女が持っている力のような気がしたのだ。

「ああ、さすがにお医者になろうという方は、まず信じてくださるのですね。それだけでも嬉しく存じます」

八重が言う。よほど、今まで相談した人みんなに気味悪がられたのかもしれない。

「残念ながら、私には何もございません。月のものが始まった娘の頃も、それは多少は指でいじることもしましたが、手を触れずに物を動かすなど、あったためしもございません。ただ、少し多情なところもあり、うちの人に避けられがちなのですけれど」

言いながら、八重は少しずつ少しずつ竜介の方へとにじり寄ってきていた。

「お、内儀《おかみ》さん……」

「ねえ、竜介さん。お美和のオサネを舐めて、嫌じゃありませんでした?」

「い、嫌なんて、そんな……、あんな器量よしのお嬢様なら、オサネどころか、足の裏でもお尻の穴でも、喜んでお舐めします……」

うっかり、本音を言ってしまった。竜介はまだ無垢だが、そんな妄想にばかり耽《ふけ》って手すさびを行なっていたのだ。だが考えてみれば、女の何もかも舐めたいというのは、あまり一般的ではないのかもしれない。

その証拠に、八重は目を丸くして答えた。

「まあ……！　陰戸さえ舐める男は少ないというのに、本当に、そんな優しい方がこの世にいるものでしょうか……」

「そ、それは優しいとか言うより、淫気の問題かと……」

竜介は、八重の濃厚な色気に圧倒されながら答えた。たじたじとなりながらも、股間の方は何しろ大きく膨れ上がっている。

彼は小柄なくせに淫気だけは強く、普段から、日に二度三度と射精しなければ治まらないほどの精力の持ち主なのだった。それが鶴川村を出てからは、やはり旅の緊張があったのだろう、日野の宿で一度したきりである。

あとは死体だの斬り合いを見たのだから、いかに美少女の陰戸を舐めようとも、番屋の仮眠所で手すさびなどできるわけもなかった。

しかし今は腹もいっぱいになって落ち着いたせいか、心の衝撃の方は薄らぎ、美和の陰戸の形や匂い、味や舌触りばかりが思い出され、言いようもなく淫気が湧き上がってしまっている。

「では、今も淫気が？」

八重は言いながら、とうとう彼に縋《すが》り付き、その勢いで一緒に布団に倒れ込んできてしまった。

「本当、とっても硬くなっている……」

彼女はいち早く彼の股間を探り、裾をめくると下帯を解きはじめてきた。竜介は拒《こば》むことも出来ず、ただされるまま戸惑いと興奮に身を委《ゆだ》ねるばかりだった。

「何て大きい、でも綺麗な色……」

完全に一物を露出させてしまい、八重は両手で慈《いつく》しむように押し包んで言った。

「ああ……」

仰向けのまま、竜介は生まれて初めて勃起時の一物を美女に見られ、その羞恥と緊張に喘《あえ》いだ。しかも、柔らかく温かな手のひらに包まれ、八重の熱い息が彼の股間を心地よくくすぐっていた。

「初めてなの？　ではすぐにも出そうなのね。構わないわ……」

八重は言いながら屈《かが》み込み、先端にそっと唇を押しつけてきた。

「く……！」

竜介は、信じられない思いで息を詰め、必死に暴発を堪《こら》えた。八重の方も、もう夢中になってしまったように、鈴口から滲《にじ》む粘液を貪《むさぼ》るように舐め回し、張りつめた亀頭全体をスッポリと含んできた。

さらに一気に喉の奥まで呑み込み、温かく濡れた口の中で激しく舌を蠢《うごめ》かせた。

「アア……、い、いけません……」

美女の唾液に温かくまみれながら、竜介は身をくねらせて言った。

しかし八重は濃厚な愛撫を止めようとせず、さらに上気した頰をすぼめて小刻みに吸い付き、果ては顔全体を上下させて、濡れた口ですぽすぽと強烈な摩擦運動を行なってきたのだ。

まるで身体中が、この妖しく美しい新造《しんぞ》の口の中に潜り込み、柔らかな舌の上で翻弄《ほんろう》されているような快感だった。

限界は、あっという間に来てしまった。

「あうう……！」

警告を発する余裕もなく、竜介は呻《うめ》きながら、全身が溶けてしまいそうな絶頂の快感に呑み込まれていった。それは手すさびの何百倍の快感であったろうか。しかも自分は何もせず、身を投げ出しているだけなのに、何もかも熟れた人妻がしてくれたのだ。

身をよじりながら、熱い大量の精汁を勢いよくほとばしらせ、竜介は美女の口を汚す後ろめたさと絶大な快感に包まれた。

「ンン……」

八重は少しも驚かず、小さく鼻を鳴らして噴出を受け止め、亀頭を含んだまま少しずつ喉に流し込んでくれた。

「あぁッ……！」

ごくりと彼女の喉が鳴るたび、口の中がキュッと締まって快感が増し、飲み込まれているのだという実感が全身を甘美に包み込んだ。

やがて全ての噴出が終わると、竜介はぐったりと力を抜いて身を投げ出した。

八重も、口に残った分を全て飲み干し、ようやく濃厚な吸引と舌の蠢きを止めて口を離してくれた。さらに濡れた鈴口に舌を這わせ、余りの雫《しずく》まで丁寧に舐め取った。

その刺激に、満足げに強ばりを解きはじめた亀頭がひくひくと過敏に反応した。

「いっぱい出たわね。とっても濃くて美味《おい》しかった……」

八重が、ようやく顔を上げて言い、てきぱきと帯を解きはじめた。

もちろん、これで終わったわけではないのだ。これで落ち着き、これから本格的な行為が始まるのだろう。それを思うと竜介は余韻に浸《ひた》る暇《ひま》もなく、すぐにも熱い興奮にむくむくと回復してくるのを感じた。

たちまち八重は腰巻きまで取り去り、一糸まとわぬ姿になってしまった。そして乱れたままの彼の着物も完全に脱がせてから、添い寝して熟れ肌をくっつけてきた。

「なんて可愛い……。さあ、どのようにでも、好きにしていいのよ……」

熱い囁《ささや》きも口調も、すでに娘の恩人に対してではなく、手ほどきをする年上の女のものになっていた。

竜介は、美女の甘い吐息と体臭に包まれながら急激に回復し、腕枕してもらうと思わず目の前の乳首に吸い付いていった。

四

「アア……、いい気持ち……、もっと吸って……」

八重がうっとりと息を弾ませて言った。

竜介は、色づいた乳首を含み、何とも白く豊かな膨らみに顔中を押しつけた。うっすらと汗ばんだ胸元や腋《わき》からは、実に甘ったるい体臭が馥郁《ふくいく》と漂い、上からは八重の湿り気ある甘い息が吐きかけられていた。

「こっちも揉んで、もっと強く……」

彼女は竜介の手を取り、もう片方の膨らみに導いた。

竜介は柔らかな乳房の感触を味わいながら八重の匂いに包まれ、さらに左右の乳首を交互に吸っては舌で転がした。

「こうして……」

やがて八重が彼の顎《あご》に指をかけて上を向かせると、顔を寄せてピッタリと唇を押しつけてきた。ほんのり濡れた唇が吸い付き、鼻が交差した。

お歯黒の歯並びの間からぬるっと舌が伸ばされると、竜介も舌を触れ合わせた。

甘い吐息には、ほんのりとお歯黒の金臭《かな》い成分も感じられ、それがいかにも新造と口吸いしている実感をもたらしてくれた。

ちろちろと蠢く舌は何とも滑らかで心地よく、生温かな唾液のヌメリもほんのり甘くて美味しかった。何やら美女の唾液と吐息を吸収しているだけで、今にも二度目の暴発をしてしまいそうに高まってきた。

やがて互いの口の中を充分に舐め合うと、八重は口を離して仰向けになった。

「さあ、好きにして……」

言われて、竜介は上になった。

好きにしてと言いつつ、彼女はさっき竜介が言った、どこもかしこも舐めたいということを期待しているのだろう。熟れ肌は熱く息づき、誘うような体臭も悩ましいほど濃く揺らめいていた。

あらためて見下ろすと、八重の肉体は実に色白で豊満、どこも搗《つ》きたての餅のように吸い付いてきそうだった。

竜介はもう一度両の乳首を吸い、さらに腋の下にも顔を埋め込み、柔らかな腋毛に鼻をこすりつけながら、甘ったるい汗の匂いで胸を満たした。

「ああ……、くすぐったくて、いい気持ち……」

八重はうねうねと身悶えながら喘ぎ、何でも彼の好きなようにさせてくれた。

竜介は肌を舐め下り、中央に戻って臍《へそ》に舌を差し入れた。ここは、美和と繋がっていた部分だろう。周囲の肌が均等に張りつめ、実に艶《なまめ》かしい弾力を伝えてきた。

さらに彼は豊かな腰から太腿へと下りていった。

肝心の股間へ行かなかったのは、最後に取っておきたいのと、やはり足の先まで味わってみたかったからだ。

太腿は実にむっちりと量感があり、体毛も薄く何ともスベスベした舌触りだった。

膝小僧から脛《すね》へと舐め下り、足首を摑んで持ち上げると、

「アア……、本当に、そんなところまで……？」

八重が驚いたように、声を震わせて言った。

竜介は美女の足裏に顔を埋め込み、指の股に籠もった匂いを嗅《か》ぎながら舌を這わせた。

指の間は汗と脂《あぶら》にじっとりと湿り、悩ましい匂いをさせていた。爪先《つまさき》もしゃぶり、指の股にぬるっと舌を割り込ませると、うっすらとしょっぱい味がした。

「ヒイッ……！」

八重が息を呑み、びくっと足を震わせた。

竜介は構わず、全ての指の間に舌を差し入れて味わい、もう片方の足も同じように念入りに愛撫した。

「あうう……、信じられない……、でも気持ちいい……」

八重は腰をよじりながら、うっとりと言った。そして竜介が踵《きびす》から脹《ふく》ら脛《はぎ》へと舌を移動させていくと、自然にゴロリとうつ伏せになってくれた。

汗ばんだひかがみを舐め上げ、太腿から尻の丸みをたどり、さらに両の親指でぐいっと谷間を広げると、奥に可憐な薄桃色の蕾《つぼみ》が見えた。

鼻を埋め込むと、秘めやかな匂いとともに、顔中に白く丸い双丘がひんやりと密着してきた。彼は舌先で蕾の襞《ひだ》を舐め、充分に濡らしてから舌を潜り込ませてみた。

「く……」

八重が呻き、恥じらうようにキュッと引き締めたが、舌先は内部に潜り込んだ。

内壁は、ぬるっとした滑らかな粘膜だ。もちろん美女の肛門だから少しも嫌ではないし、味も匂いもこの上なく素晴らしいものに思えた。

舌を出し入れするように蠢かせていると、やがて我慢できなくなったように、八重が再び悩ましげに寝返りを打ってきた。竜介は舌を抜いて片方の脚をくぐり、自分も腹這いになって、完全に八重の股間に顔を潜り込ませていった。

目の前に、女体の神秘の部分が迫っていた。

色白の肌に黒々とした茂みが密集し、その下に割れ目があった。僅かに桃色の花弁がはみ出し、ぬるぬると潤《うるお》っているのが分かった。

美和の陰戸も、ほんの少し見ただけだからよく覚えていないが、やはり外側からではあまりよく分からないものなのだろう。

「ああ……、恥ずかしい……、でも、よく見て、お医者になるのだから……」

八重は喘ぎながら、それでも自ら指を当て、グイッと割れ目を開いて見せてくれた。

微《かす》かに湿った音がして陰唇が全開になると、中身が丸見えになった。

竜介は目を凝《こ》らした。

中は、ぬめぬめする薄桃色の柔肉。下の方には、上下左右四枚の襞のある膣口が息づいていた。ここから、十七年前に美和が産まれ出てきたわけだ。

その少し上にある、小さな孔《あな》が尿口であろう。

そして割れ目上部、僅《わず》かに突き出た包皮の下から覗くのが、つやつやとした光沢を放つオサネだった。

やはり母娘の年齢も違うが、揺らめく炎の中で見た感じと、昼日中の陽射しで見る陰戸は印象が違っていた。美和のものは妖しく神秘な感じが強かったが、こうして明るい場所でじっくり見ると、やはり男とは違う生き物だというのが良く分かった。

竜介は、今は美和のように心の声に命じられたわけではなく、自分から顔を埋め込んでいった。

柔らかな茂みに鼻をこすりつけると、ふっくらとした甘ったるい汗の匂いが鼻腔を満たしてきた。やはり美和の匂いとは違う。もっとも昨夜の美和は失禁していたから、ゆばりの匂いの方が強かったのだろう。

熟れた体臭を嗅ぎながら舌を這わせると、とろりとした生温かな蜜汁が感じられた。

「アア……、本当に舐めているのね……」

八重が感激に息を弾ませながら言い、むっちりと内腿で彼の顔を締め付けてきた。

舌先で襞を探りながら膣口を舐め、うっすらとした酸味のある淫水をすくい取りながらオサネまで舐め上げていった。

「ああッ……！　そこ……」

八重が声を上ずらせて口走り、昨夜の美和のようにびくっと顔を反《そ》らせて悶えた。

やはり大人も少女も、この突起が最も感じるようだった。

竜介は執拗《しつよう》に舐め回し、溢《あふ》れる蜜汁をすすり、さらに強く吸い付いた。

「あうう、もっと強く……！」

八重は何度か腰を跳ね上げ、いつしか彼の顔をグイグイ押さえつけてきた。竜介も必死に舌を動かし、上唇で包皮を剝いて、完全に露出したオサネに吸い付き続けた。

「アアーッ……！　も、もういいから、入れて……」

すると、いきなり八重は彼の顔を突き放して口走った。

どうやら、これが大人と少女の反応の違いなのかもしれない。美和はすぐに気を遣《や》ってしまったが、熟れた八重は、やはり簡単に果てるより、挿入を求めてきたのだった。

彼は身を起こし、どうして良いか分からぬまま股間を押し進め、先端を陰戸に押し当てて必死に位置を探った。

「もう少し下……、ああ、そこよ、来て……」

八重は腰を浮かせて位置を定めてくれ、待ちきれないように陰戸を押し当ててきた。

竜介もグイッと股間を進めると、張りつめた亀頭がぬるりと潜り込んだ。

「ああッ……！　いい、もっと深く……」

彼女が抱き寄せると、竜介は身を重ね、同時に一物も一気にヌルヌルッと根元まで吸い込まれてしまった。何という心地よさだろう。肉襞の摩擦と、温かなぬめりが肉棒全体を優しく包み込んでくれた。

股間同士がピッタリと密着すると、竜介は遠慮なく豊満な熟れ肌に体重を預け、陰戸の温もりと感触を味わった。さっき一度飲んでもらっていなかったら、すぐにも果ててしまいそうなほどの快感である。

「突いて、うんと強く、奥まで……」

八重が下から抱きすくめながら熱く囁き、下から股間を突き上げてきた。

それに合わせ、竜介も腰を突き動かしはじめると、何とも心地よい摩擦快感が突き上がってきた。溢れる淫水は互いの股間をびしょびしょにさせ、くちゅくちゅと卑猥《ひわい》に湿った音を立てた。

「い、いきそう……」

竜介はすぐにも降参して声を上げたが、

「我慢して、もう少し……、アアッ！　い、いく……！」

八重が言いながら、ガクガクと激しい痙攣を起こしはじめた。同時に膣内も、肉棒を奥へ奥へと引っ張り込むような悩ましい収縮を開始した。どうやら本格的に気を遣ったようだった。

「く……！」

もう我慢できず、竜介も絶頂の快感に貫かれ、ありったけの熱い精汁を内部に向けて噴出させた。

「アア……、熱いわ。もっと出して……！」

八重も彼の射精を感じ取って口走り、竜介を乗せたまま何度も身を弓なりに反らせた。

ようやく最後まで出し切り、竜介は動きを止めて身を預けながら、ゆっくりと力を抜いていった。

口に出すのも気持ち良かったが、こうして一体となるのはまた格別だと思った。

そして江戸へ来た初日に、もう筆下ろしをしてしまった幸運を思い、竜介は八重の甘い吐息を嗅ぎながら、うっとりと余韻を味わうのだった。

五

「鶴川村から？　ああ、確かに名主からそのように伺っておる」

八重に連れられて小石川の養生所へ行くと、すぐに初老の医師が出てきて頷いた。

それで八重は薬草を置くと、休みには必ず湯島へ来るよう竜介に言い、そのまま帰っていった。

小石川養生所は、病人部屋と診察所、介抱人の部屋、台所などに分かれている。入院できるのは四十名、極貧で薬の買えないものや、一人暮らしで看護人のいないものなどに限られた。もちろん通院治療も出来、全て無料で、町奉行所の管理下にあった。

内科だけでなく、外科や眼科もあり、入院患者には夜具の他、衣類やちり紙などの日用品も支給された。

医師は、幕府の医官である寄り合い医師などが交代で配属されていた。

「ならば、細かなことは奥にいる東堂《とうどう》さんに訊くがよい」

「はい。お世話になります」

竜介は医師に辞儀をし、すぐ自分の荷物を持って奥へと行った。

「東堂様、いらっしゃいますか」

台所を覗いて言ってみたが、多くの賄《まかな》いの女性たちが食事を作っているだけで、ここには居ないようだ。裏庭を見てみると、そこでも多くの女性が洗濯物を干したり、薬園の手入れをしているだけで当人はいない。

再び中に入り、恐る恐る病人部屋の方を見てみると、何人かの女性や若い医師見習いが看護をしていた。十人部屋が、四つ並んでいるが、実際入院しているのは十五人ほどだった。特に今は流行《はや》り病《やまい》もなく、比較的暇《ひま》な時期のようだった。

「あの、東堂様という方は」

「ああ、湯殿の掃除でしょう。そのようなこと、誰かにさせれば良いのに」

言われて礼を言い、竜介は湯殿の方へ回ってみた。

（お、女……）

東堂様と言うから男かと思っていたが、湯殿の掃除をしているのは、若い女性だった。手拭いをかぶって襷《たすき》がけ、裾《すそ》を端折《はしょ》って白く健康的な脹《ふく》ら脛《はぎ》を露わにしている。それがこちらに尻を突き出し、懸命に風呂桶の中を磨いていた。

「あ、あの、東堂様。私は甲府から参りました鶴川村の竜介と申しますが」

「やかましい！」

「は……？」

いきなり怒鳴られ、竜介はびくりと顔を上げた。

しかし彼女は、まだ顔を風呂桶に突っ込み、尻を向けたままである。声は桶の中に籠もったが、凛《りん》とした涼しい響きだった。

「ここでは口だけ動かすものは要らぬ！　何か用なら動きながら言え！」

「はい！」

竜介もすぐに荷を置き、裾をまくって湯殿に入った。そして手近にあった雑巾《ぞうきん》を手に簀《すの》子《こ》を拭きはじめると、

「そこは済んだ！」

彼女に言われ、いきなり帯を摑まれて持ち上げられた。

「うわ……」

片手で宙に浮かされ、竜介が目を白黒している間に空の風呂桶の中に入れられた。

「底まで手が届かぬ。お前がやれ」

「はい！」

風呂桶は大きめで、とにかく竜介は底に這いつくばり、手当たり次第に磨きはじめた。

すると外から身を乗り出している彼女も、内部の側面を磨きながら、ようやく互いに顔を見合わせることが出来た。

「それで、鶴川村の誰だって？　私は東堂小夏《こなつ》」

「はい、竜介と申します」

彼は、小夏の美貌と巨軀に驚きながら答えた。屈《かが》んでいるので良く分からなかったが、身長は五尺六寸（一七〇センチ弱）ほどもあるのではないか。ならば片手で軽々と竜介を

持ち上げるぐらい造作もないだろう。

しかし太ってはいない。実にしなやかな手足をして、体つきも引き締まっていた。

そして何と言っても、切れ長の眼差しと赤い形良い唇、それにスラリと通った鼻筋の凜然たる調和は、彼が今まで見たこともない種類の美女だった。

「昨夜着くかと思っていたのだが、どこで油を売っていた」

確かに、名主からの手紙が先に着いていて、竜介のことが書かれていたのだろう。

「は、通りかかった荒れ寺で破落戸に襲われ、内藤新宿の番屋で一夜を明かし」

また叱《しか》られるといけないので、懸命に底を磨きながら答えた。

「今日は取り調べがあり、それが済むと、助けた娘さんを湯島の家まで送り、それからこちらへ来たものですから」

「娘さんを助けた？　お前が？」

一瞬、小夏は手を止めて彼を見下ろしたが、すぐまた作業を始めた。あまりに小さく弱そうなので、娘を助けたという話が意外すぎたのだろう。

「はあ、気を失っているのを、燃えている寺から引っ張り出しただけですが」

「ふむ、それは見直した。人助けで遅れたのなら咎《とが》めはすまい。子細はやがて読売にでも出るだろう」

小夏は言い、順々に移動しながら内部の側面を磨いた。それに合わせて竜介も底を磨いていたが、何やら妙な気分になってきてしまった。

何しろ小夏の額や鼻の頭、顎からはぽたぽたと汗の雫《しずく》が滴《したた》り、たまにそれが竜介のうなじを生温かく濡らしてくるのである。その上、彼女の甘ったるい汗の匂いや、ほのかに甘酸っぱい吐息までが空の浴槽の中に艶かしく籠もり、目を上げれば、すぐそこに屈み込んだ彼女がいて、大きく開いた胸元から白い乳房が今にもぽろりと露出しそうになっているのである。

八重によって、ナマの女を知ったばかりの竜介にとって、それらはあまりに刺激的だった。陰戸の形状を知ってしまったから、小夏のそれも容易に想像が付くような気がしてくるのだ。

(お武家には違いないだろうが、御家人だろうか、それとも……)

竜介があれこれと彼女のことを考えていると、それを見透かしたように小夏が自分のことを言った。

「私の伯父《おじ》上が、甲府勤番支配をしているのだ。鶴川村の名主とも懇意と聞く」

「さ、左様でございましたか……」

では、小夏も相当に格式の高い旗本の娘と言うことだろう。ならば実際には、吐息が感じられるほど近寄れる相手ではないのだ。

だが小夏は、他の介抱人たちも言うように、どんな仕事も嫌がらず率先して行なう人物らしい。二十二、三歳だろうが、医術と言うより人助けに生き甲斐を感じているのかもしれない。

「よし、いいだろう。出ろ」

「はい」

言われて、竜介が素早く風呂桶を飛び出し、濡れた簀子で滑って尻餅を突いた。小夏はにこりともせず、空いた風呂桶に水をかけて流し、底に栓をして水を張りはじめた。

慌てて立ち上がった竜介も一緒に手桶で水を入れ、足りなくなると、言われる前に裏口から井戸へ出て懸命に水を汲んでは湯殿へ運んだ。

「水はもういい。厨《くりや》から付け火をもらって焚《た》き付けを」

「承知しました」

竜介は裏口から厨へ回り、竈《かまど》の火を木っ端にもらい、手のひらで風をよけながら戻ってきた。釜の薪《まき》に燃え移らせて火吹き竹を吹いた。薪を足し、ようやく火が燃えさかってくると、竜介は一息ついて額の汗を拭った。

「来い。火の番は交代させる」

「はい」

小夏に言われ、竜介は足を拭いて中に入った。すると、彼女は今まで頭にかぶっていた手拭いを、無造作に彼に投げてくれた。

「有難うございます」

ほんのり甘い髪の香りのする手拭いで顔や首筋の汗を拭い、竜介は小夏に従い、自分の荷を持って廊下を進んだ。小夏は裾を下ろし、歩きながら襷を外した。後ろ姿だが、やはり直立すると相当に彼より背が高い。

足早に進みながら、前を向いたまま小夏が言った。

「私は、のろまがこの世で一番嫌い」

「はい」

それは、言われなくても分かってきた。

「このような毎日だがやってゆけるか。それとも、風呂焚きに来たのではないと帰るか」

「帰りません。医術は見て覚えます」

「見るだけではいかぬ。常に何か動いて、身体で覚えてゆけ」

「はい」

「ここがお前の部屋。たまに私が宿直《とのい》で使う部屋だ」

「はい。お借りいたします」

ようやく、養生所の隅にある三畳間に入り、竜介は自分の着替えなどの入った荷を置いた。あるのは行燈《あんどん》と文机《ふづくえ》、ひと組の布団だけだ。

「私は番町《ばんちょう》の屋敷へ帰る。あとは他のものに訊け」

「分かりました。お世話になります」

竜介が深々と辞儀をすると、小夏は去っていった。ちょうど夕七ツ（午後四時頃）の鐘の音が聞こえてきた。彼女の、今日の勤務時間が終了したようだった。

第二章　旗本娘のいけない欲望

一

「ほう、新顔か。どこから来た」

翌日、竜介が洗濯物を干していると、薬園に来た男が声をかけてきた。三十代後半か、人懐こそうな笑みを浮かべている。医師だろうが、養生所勤務かどうかは分からない。薬草を分けてもらいに来る町医者も多いからだ。

「はい。甲府から来ました。鶴川村の竜介と申します」

竜介は辞儀をして言い、すぐまた作業を再開させた。

「そうか。わしは結城玄庵《ゆうきげんあん》。相州小田浜《おだはま》藩の典医さ」

「左様でございますか」

「まあ、頑張りなさい。わしもちょくちょく顔を出すから、養生所の人に訊きにくいことでもあれば、何でも相談に乗るからな」

「有難うございます」

竜介がもう一度辞儀をすると、彼は頷き、いくつかの薬草を抱えて薬園を出て行った。

手早く洗濯物を干し終えると、すぐ彼は空の盥《たらい》を持って井戸端に戻り、洗濯物の続きをした。

昨日は、小夏が帰ってから何か用事を訊ねたが、みな割りにのんびりして、小夏ほど忙しげに用を言いつけるものはいなかった。それで竜介も養生所内の様子を見学してから厨で夕餉《ゆうげ》を済ませ、自室で布団を敷いて眠ったのだった。

医師や賄《まかな》いの使用人たちは通いで、住み込みしているのは医師見習いの若者たちだけだった。特に患者が夜中に苦しがることもなく、深刻な重病人もいないようだ。

ただ、小夏が使っていた布団で寝ると、言いようもなく甘ったるい匂いに包まれてしまい、竜介は思わず寝しなに手すさびをしてしまった。

何しろ、僅かな間に多くのことがありすぎたのだ。

破落戸《ごろつき》同士の殺し合いを見て、美少女の陰戸を舐め、その母親の手ほどきで男にしてもらい、そのうえ怖くて美しい旗本娘の体臭の染みついた布団で寝ているのだ。まして前の晩は番屋で仮眠しただけだから、ようやく手足を伸ばして落ち着き、八重との体験を振り返ると、抜かずにはいられなかったのである。

朝は明け七つ（午前四時頃）に起き、井戸端で顔を洗って歯を磨いた。他の若者たちも起き、厨《くりや》に火を起こし、養生所内の掃除を手分けして行なった。

そして明け六つ（日の出の三十分ほど前）の鐘が鳴る頃、賄いの人たちが来て朝餉《あさげ》の支度を始めた。竜介は若者たちについて病人たちを見舞い、脈を取る様子などを見学した。

今は怪我人はおらず、みな老人ばかりで、労咳《ろうがい》、中風、眼病などを患《わずら》っていた。治療と言っても、清潔にさせて安静に寝かせ、あとはたまに灸《きゆう》をすえたり薬湯を与える程度のものである。

やがて順番に朝餉を済ませ、五つ（午前八時頃）になると医師や小夏も出向いてきた。

寛政《かんせい》九年（一七九七）四月下旬、すっかり陽射しも強くなってきていた。これから食べ物も足が早くなり、食あたりの患者なども増えてくるのだろう。

「お早うございます」

廊下の掃除をしていた竜介は、小夏と顔を合わせると、深々と辞儀をして挨拶《あいさつ》し、すぐに作業に戻った。

他の若者に聞いたところによると、小夏は二十四歳。かつて許婚《いいなずけ》を熱病で失ってから、自ら願い出て養生所で働いているようだった。元は剣術道場で女武者としてならし、今は女の身ながら医師を目指しているという。颯爽《さつそう》としながらも骨身を惜《お》しまぬ働きぶりに、みな感心しながらも煙たく思う部分も少なくないようだった。

もっとも小夏は、介護と合わせて養生所内の掃除などを率先して行なうだけで、誰に強要しているわけでもない。ただ、それをされると他の連中も骨休めできない気分にさせられるのだろう。

しかし竜介だけは、小夏は良いようにこき使った。他の若者たちは十分だから遠慮があるのかもしれないが、そのてん竜介は使いやすいのだろう。

もちろん大変だが、彼は嫌ではなかった。小夏と一緒に行動をし、多くの作業を手伝わされるので、養生所内のことが隅々まで理解できるようになったし、何より小夏が竜介を自分の理想の医師に育て上げようとしている愛情も感じるのである。

「竜介、来て」

「はい」

言われて、竜介は慌てて立ち上がり、雑巾を入れた手桶を持って従った。

小夏は乱れのない摺り足で廊下を進んでゆく。何の作業かと思ったら、意外にも彼女は竜介の部屋に入っていった。

竜介は手桶を廊下に置いて、自分も部屋に入って端座した。

「今日は、お前に願い事がある」

小夏が、あらたまった口調で言った。美しい顔が強ばり、少々緊張した様子だった。

「はい。願い事などと仰《おつしや》らず、これこれをしろとお命じくださいませ」

「そうか。ならば言う。脱いで、男の身体を見せてくれ」

「は……」

思わず戸惑い、竜介が絶句すると、小夏は目をそらさず、むしろ挑みかかるように彼を見据えた。

「今いる病人は年寄りばかりだ。一物は排泄の用しか為さぬだろう。だが若い男のものがどのようであるか、医師として知っておかねばならぬ。嫌なら良い」

「い、嫌などと……、承知いたしました」

竜介は立ち上がり、手早く帯を解きはじめた。あまりモジモジとためらうと、せっかちな小夏に嫌われると思ったのだ。

すると小夏は部屋の隅に畳んであった布団を敷き延べた。そこへ寝ろと言うのだろう。

下帯一枚になった竜介は、仰向けになりながら、さらに手早くそれも取り去ってしまった。幸い、ここは養生所内でも最も端にあり、元々小夏の部屋だから、誰も近づくようなこともない場所だった。

竜介は、羞恥と緊張を覚えながら、仰向けになって神妙にしていた。もちろん美女とはいえ相手は旗本の娘だから、畏《おそ》れ多さに一物は萎縮している。

小夏も、いつまでもためらうことなく、彼の傍《かたわ》らににじり寄ってきた。

そして手を伸ばし、恥毛に埋もれている一物をそっとつまみ、包皮を剝いて亀頭を露出させた。

「く……」

その刺激に、竜介は懸命に息を詰めて耐えた。真剣に勉強している小夏に対し、勃起したら失礼と思ったのだ。

小夏も息を殺し、先端から幹、根元までの感触を確かめ、縮《ちぢ》こまっているふぐりにも触れてきた。袋全体を、柔らかく温かな手のひらに包み込み、中にある二つの睾丸をこりこりといじって確認した。

「なるほど、これが金的か。握りつぶせば悶絶するのだな」

「は、はい……。どうかご勘弁を……」

竜介は情けない声で小さく答えた。しかし案ずるまでもなく、すぐに小夏はふぐりから手を離し、再び一物に触れてきた。

「数年前、許婚を介護したとき、この部分にも触れてみたが変化はなかった」

小夏は言いながら、次第にモミモミと調子をつけて幹を握った。

「はあ……、ご病気であれば、お若くても反応はないと思います」

「お前はなぜ反応をせぬ。……あ、少しずつ……」

小夏が変化に気づき、さらに顔を寄せながら無垢な愛撫を続行した。

「ああ……、い、いけません、小夏様……」

竜介は身を強ばらせて言ったが、もちろん彼女の手を払いのけることは出来ない。

小夏は次第に張りつめてゆく亀頭をいじり、裏側を爪でそっと撫で上げたり、様々に工夫をしながら弄《もてあそ》んだ。

いつしか一物は急角度にそそり立ち、もう射精しなければ治まらないほどに高まってしまった。

「なるほど、さっきとは全然違う。これほどまでに変化するのか」

小夏は言い、ようやく手を離してくれた。もちろん愛撫が止んでも、熱い視線を受けながら、肉棒の強ばりが弱まることはなかった。

「例えば、両手を怪我した若者が運び込まれ、何日も精汁を出していない場合は、どのように処理するのだろう」

「そ、それならうつ伏せに動かすとか、工夫の仕様はあると思います」

「そうか。だが中には、女の看護人に頼みたい者もいような」

「それは、失礼ですから言わないと思いますよ……」

「お前は、何日に一回ぐらい出すのだ」

「私は、日に二、三回ほどは……」

「そんなに！」

小夏は目を丸くした。彼女の溜息が、ふんわりと甘酸っぱく鼻腔をくすぐり、ぴくんと一物が上下に震えた。

「では、昨夜もここでしたのか」

「申し訳ありません……」

「良い。どのようにしたか、ここでして見せろ」

言われて、竜介は恐る恐る右手で一物を握り、いつものように上下に動かしはじめた。

「なるほど……、そのように手で筒を作り、陰戸の代わりにするのだな。いつもこのやり方か？」

「はい。ときに、唾をつけてヌメリを与える場合も……」

「してみろ」

「い、今は喉がからからで、唾が出ません……」

言うと、小夏が一物に顔を寄せ、ためらいなく形良い口をすぼめ、トロリと大量の唾液を垂らしてくれたのだ。白っぽく、小泡の多い生温かな粘液が亀頭を濡らし、手すさびの動きがたちまちクチュクチュと滑らかになっていった。

「ああ……、出てしまいます……」

「構わぬ。後学のため見せてもらう」

小夏の許しが出た途端、いきなり竜介は宙に舞うような快感に包まれてしまった。

「アア……！」

激しい快感の嵐に身悶え、彼は喘ぎながら大量の精汁を噴出させた。

「何と、すごい勢い……」

小夏が感嘆の声を洩らし、ドクンドクンと噴出する様子を眺めた。

二

「生臭い。なるほど栗の花の香りに似ている……」

小夏は、竜介の下腹一面に飛び散った精汁を屈み込んで嗅ぎ、さらに指につけ、そっと舐めてしまった。

快感の余韻の中、身を投げ出して呆然となっていた彼は、小夏の行為に目を丸くした。

「あ！　汚いです。どうか……」

「汚くはない。ゆばりも出したては毒ではないのだ。こうして、健康な男の味を知っておくのも無駄なことではなかろう」

小夏は言い、それでも一舐めしただけで懐紙を取り出し、彼の下腹や一物の先端を拭いてくれた。

「あ、自分で致します……」

竜介は飛び起き、自分で処理をした。そして下帯を着けようとして振り返ると、何と小夏が立ち上がり、帯を解きはじめているではないか。

「こ、小夏様。何を……」

「今度は、お前が女の身体を見ておく番だ。お前もまだ無垢であろう」

小夏はほんのり頬を染めているものの、行動にためらいはなかった。たちまち着物を脱ぎ去り、足袋《たび》と腰巻きを脱ぎ、半襦袢《じゅばん》を羽織ったまま前を開き、彼と入れ代わりに布団に仰向けになった。

何という綺麗な肌であろうか。

色は透《す》けるように白く、露出した乳房は形良く上向き加減だった。腹部が引き締まり、腰がさらに丸みを強調して、脚もすらりと長かった。

股間のぷっくりした丘には、柔らかそうな茂みが密集し、さすがに羞恥と緊張に下腹がひくひくと震えていた。

「さあ、まずは乳に触れてみよ。しこりがないかどうか、丁寧に端から探ってゆくのだ」

言われて、着物を着そびれた竜介は彼女の傍らに座り、恐る恐る手を伸ばしていった。

そっと乳房に触れると、柔らかさよりも張りの方が強く感じられた。やはり子を産んだ八重とは違い、感触も若々しいのだろう。

「そう、そのように優しく……、あん、そこは触れずとも良い……」

指先が乳首に触れると、小夏はびくりと肌を震わせて言った。

竜介は興奮しながら膨らみを圧迫するように揉み、もう片方も同じようにした。

もちろんしこりなどはなく、薄桃色の乳首と乳輪はさらに悩ましく色づいて、僅《わず》かに覗く腋毛も実に色っぽかった。

彼も全裸だから、隠しようもなくムクムクと回復しはじめてしまった。

「さあ、では陰戸を見て良い……」

小夏は小さく言い、自ら大股開きになって両膝を僅かに立てた。

竜介は激しく胸を高鳴らせながら、彼女の下半身の方へと移動した。そして腹這いになり、大きく開かれた美女の股間へと顔を潜り込ませていった。

割れ目は丸みを帯び、はみ出した花弁も乳首のように綺麗な色合いをしていた。

小夏は、両の人差し指を割れ目に当て、陰唇を左右に開いて見せてくれた。

やはり、八重とは違った感じである。

内部はヌメヌメと潤いを帯びた桃色の柔肉、息づく膣口は小ぶりで、周囲の襞も細かに入り組んでいた。

尿口も確認でき、八重より大きめなオサネがツンと突き立っているのが見えた。

そして白く滑らかな内腿に挟まれた狭い空間に、小夏のほんのり甘い肌の匂いと、割れ目から発する、悩ましい匂いを含んだ熱気と湿り気が籠もっていた。

「これが陰戸の孔。ここに一物を差し込んで精汁を放つと、孕《はら》んだ場合は十月十日のち、この同じ孔から赤子を産み落とす。尿口はその少し上」

小夏が説明してくれる。その声は淡々としながら、時に息が弾むのを堪《こら》えるように力が入りがちだった。

割れ目の下の方も覗いてみると、可憐な薄桃色の肛門がひっそり閉じられていた。

「何か質問はあるか」

「はい。これは何でございましょう……」

「これでは分からぬ。触れて構わぬ、アアッ！」

竜介が、そっとオサネに触れると、あまりに激しい反応があり、彼も思わず驚いてびくっと手を引っ込めた。

「そ、それは実《さね》とか豆とか申し、用途のない飾りのようなもの……」

今の刺激で、すっかり小夏の呼吸が乱れてしまった。そして陰唇がみるみる色づき、内部にねっとりとした蜜汁が溢《あふ》れてきた。

「他には……？」

「中は、いつもこのように濡れているのでございましょうか……」

「なに、濡れている……？　それは男のものを受け入れやすくするため、自然に溢れるもの……」

「では、お舐めしてよろしゅうございますか」

竜介は、思いきって言ってみた。

「な、なに……、なぜ、そのようなことを……」

「さきほど、小夏様も私の精汁を舐められたので、私も健康な女の味や匂いを知っておきませぬと……」

「な、ならば構わぬ……」

「では、失礼いたします」

竜介は顔を進め、茂みに鼻を埋め込んだ。柔らかな感触が鼻をくすぐり、同時に隅々に籠もった甘ったるい汗の匂いが馥郁《ふくいく》と胸に広がっていった。

舌を這《は》わせると、淡い酸味を含んだ蜜汁がトロリと触れ、彼は興奮しながらオサネまで舐め上げていった。

「アア……、りゅ、竜介……」

小夏が声を震わせ、激しい力で内腿を締め付けてきた。

竜介もしっかりと彼女の腰を抱え込み、蒸れた芳香に噎《む》せ返りながら執拗《しつよう》に顔を押しつけ、オサネを舐め続けた。蜜汁の量が格段に増し、彼は何度も舌を陰戸に差し入れてすすっては、突き立ったオサネに口を押しつけ、小刻みに吸い上げた。

「あ……、ああ……、何て……」

小夏は身を反らせ、さすがに大きな喘ぎ声は洩らさないものの、ひくひくと痙攣を起こしはじめた。どうやら物静かに気を遣り、快感の波を受け止めているようだった。

「も、もう良い。離れて……」

小夏が喘ぎながら言い、彼の顔を股間から突き放してきた。

竜介も陰戸から離れ、そのまま引き締まった長い脚を舐め下りていった。小夏はゴロリと横向きになって身を縮め、あとは竜介が何をしようとも気にせず、オサネへの刺激と絶頂の余韻だけに支配されているようだった。

それを良いことに竜介は足裏まで舐め、指の股に鼻を押しつけた。

蒸れた湿り気が、悩ましい匂いを含んで鼻腔を掻き回してきた。彼は爪先をしゃぶり、順々に指の間に舌を割り込ませ、うっすらとしょっぱい味を堪能した。

「く……」

小夏が小さく呻き、ビクリと脚を緊張させたが、拒《こば》みはしなかった。

竜介は両足とも、味と匂いが消え去るまで舐め尽くし、今度は小夏の尻へと顔を埋め込んでいった。

横向きで身体を丸めているため、白く丸い尻が突き出された形になっていた。

指で谷間を開くと、可憐な薄桃色の蕾《つぼみ》がひっそりと閉じられていた。細かな襞は武家も町人も同じ、顔を埋め込むと秘めやかな匂いもちゃんと鼻腔をくすぐってきた。

顔中に双丘の弾力を感じながら、竜介は小夏の匂いを嗅ぎ、蕾に舌を這わせた。そして充分に濡らしてから、舌先をぬるっと押し込み、滑らかな内壁も味わった。

「アア……、駄目……」

小夏は尻を庇《かば》うように仰向けになって言い、彼の腕を掴んで引っ張り上げた。

竜介も素直に尻から離れ、彼女の胸に抱かれながら腕枕してもらった。

目の前に、光沢を放つほど清らかな乳輪と、突き立った乳首があった。

小夏は彼の口に乳首を押しつけながら、きつく抱きすくめてきた。竜介は乳首を含み、張りのある膨らみに顔を埋め込みながら夢中で吸った。胸元や腋の下からは、何とも甘ったるい汗の匂いが漂い、それがうっとりと彼を酔わせた。

「ああ……、気持ち良い……、もっと強く……」

小夏は囁きながら、まだ絶頂の余韻から抜けきらないように、うねうねと肌を波打たせていた。竜介も執拗に舌で乳首を転がし、誘われるままもう片方も含んで吸った。

するとやがて気が済んだように小夏が顔を寄せてきた。

「お前、私の足や尻まで舐めたな。なぜだ……」

「そ、それは、小夏様の全ての味と匂いを知っておきたかったからです……」

竜介は、近々と顔を迫らせる小夏の美貌が眩《まぶ》しく、小さく答えた。熱く湿り気ある吐息は、何とも甘酸っぱい上品な果実臭を含んでいた。

「そうか……」

小夏は、じっと彼の目の奥を見つめて言った。

「オサネを舐められ、あのような心地になったのは初めて……」

「ご自分で、いじるようなことは……？」

「ない。たまに出さねばならぬほど、精汁を溜める男とは違うのだ」

囁きながら、とうとう唇が触れ合ってしまった。

小夏は燃える眼差しを向け続けながら、そのままピッタリと密着させ、熱くかぐわしい息を弾ませながら舌を伸ばしてきた。

竜介も舌を触れ合わせ、旗本の美女との口吸いに激しく高まっていった。

三

「ンン……、何て美味しい……」

唇を触れ合わせたまま小夏が呟《つぶや》き、次第に彼女は真上からのしかかりながら、竜介の肩に腕を回してシッカリ抱きすくめてきた。

仰向けになると、執拗に舌をからめる小夏の口から、トロトロと生温かな唾液が大量に流れ込んできた。小泡混じりの粘液で喉を潤すたび、何とも甘美な悦びが彼の全身に染み渡っていった。

ようやく小夏が唇を離すと、互いの口を唾液の糸が淫《みだ》らに結んでいた。

彼女は、肌に触れる感触で一物の回復に気づき、すぐにも竜介の股間に顔を寄せた。

「もうこんなに大きく……」

言うなり、いきなり彼女はぱくっと亀頭を含んできたのだ。

「あう……！」

竜介は、唐突な快感に驚いて声を上げた。

小夏は構わず喉の奥まで呑み込みながら、くちゅくちゅと舌を蠢《うごめ》かせ、熱い息で彼の恥毛をくすぐった。たちまち清らかな唾液にまみれ、滑らかな舌の愛撫に翻弄《ほんろう》されながら、一物は最大限に膨張していった。

まさか旗本の娘が、いきなり口でしてくれるとは思わなかったのだ。

もっとも小夏は通常の武家娘とは違い、男勝りの剣術使いであり、しかも汚れ仕事も率先して行なう献身的な性格で、探求心も旺盛なのだ。むしろ他の女性以上に、淫らなことにもためらいがなく、好奇心を優先させてしまうのだろう。

充分にしゃぶると、小夏はすぽんと口を離して顔を上げ、そのまま彼の股間に跨《また》がってきた。幹に指を添え、先端を陰戸にあてがうと、ゆっくりと腰を沈み込ませてきた。

「く……、アア……、入ってくる……」

小夏が僅かに眉をひそめて囁き、とうとう完全に根元まで入れ、座り込んできてしまった。

竜介も、ヌルヌルッと一気に一物を呑み込まれ、その摩擦快感に暴発を必死に堪えていた。まさか挿入体験までしてしまうとは、夢にも思っていなかったのだ。

股間を密着させると、小夏は再び肌を重ねて彼の肩に腕を回してきた。

竜介は、熱く燃えるような美女の膣内に締め付けられ、その温もりと感触に激しく高まった。

動かなくても、肉襞が細かな収縮を繰り返し、一番奥からはドクドクと小夏の熱い躍動が伝わってくるようだ。柔らかな茂みがこすれ合い、さらにコリコリする恥骨の膨らみまで感じられた。

「アア……、これが情交なのか……。まさか、昨日知り合ったばかりのお前と、一つになってしまうとは……」

小夏が、なおも燃える眼差しを近々と彼に向けながら囁いた。そして様子を探るようにそろそろと腰を動かしはじめた。ぬらぬらと溢れる蜜汁が動きを滑らかにさせ、竜介もあまりの快感に両手でしがみつき、股間を突き上げはじめた。

「あうう……、少し痛いが、それだけではない……。だんだん奥の方が熱く……」

小夏は、医師らしい冷静な分析をしながら、次第に動きを速めていった。

「ああ……、小夏様、いく……！」

あまりに心地よい摩擦に包まれながら、とうとう竜介は絶頂の快感に貫かれ、口走りながらありったけの精汁を噴出させてしまった。

まさか自分の人生で、旗本の娘の体内に精汁を注入する日が来るとは思わず、その感激と戸惑いも、快感に大いなる拍車をかけた。

「く……！」

小夏も息を詰めて呻き、突き上がる痛みと違和感に身を震わせた。

やがて竜介は最後の一滴まで、心おきなく出し尽くして動きをゆるめていった。

彼女も徐々に全身の強ばりを解き、ぐったりと力を抜いて竜介に体重を預けてきた。

竜介は身を投げ出し、美女の温もりと匂いに包まれながら、うっとりと快感の余韻に浸り込んでいった。

この女運は、一体どうしたことだろう。三十五歳の新造に手ほどきをされ、その翌日には、二十四歳の武家娘と一つになっているのだ。その全ての切っ掛けは、あの魔性のような妖しい美少女、美和の陰戸を舐めたことに始まるのではないだろうか。

ようやく小夏が股間を引き離し、荒い呼吸を繰り返しながらごろりと横たわった。

竜介はすぐに起き上がり、懐紙で小夏の割れ目を丁寧に拭き清め、手早く自分の一物も処理をした。幸い、小夏は出血もなかった。やはり二十四にもなっているし、今まで剣術や養生所での仕事で活発に動き回っているから、裂けずに済むぐらいの弾性は身に付いていたのだろう。

やがて小夏も起き上がり、手早く身繕《みづくろ》いをはじめ、竜介も着物を着た。

「竜介、勘違いするなよ。男女の身体の仕組みを勉強しただけだ」

「はい。承知しております」

「ならば風呂掃除へ行け」

「はい！」

言われて、竜介は急いで部屋を出ると湯殿へ向かった。小夏の方は、まだ髪の乱れなど直す部分が多いのだろう。

やがて竜介は風呂場の掃除を丁寧に行ない、水を張っておいた。

そして汗を拭き、昼時なので厨へ行くと、何と、そこで多くの人に交じって美和が一緒に賄《まかな》いをしているではないか。

「こ、これはお美和さん……。どうして……」

「はい。これは竜介さんの分」

美和は花のような笑みを浮かべ、よそった飯と吸い物、煮付けと漬け物を盆に入れて差し出してきた。

竜介は、厨の隅で食べはじめた。他の若者も来たし、女たちも立ち働いているから美和もろくに話などせずに動き回っていた。若者たちは、若くて美しい美和に無関心を装っているが、実際は何度も彼女の方に視線を送っていた。

どうやら養生所に頼み込み、ここで働きはじめたようだ。前から八重と一緒に薬草を届けに来たこともあるようだし、それに湯島の方にも何かと居づらく、店に出るのも決まりが悪いのだろう。

竜介も入ったばかりでろくに休みなどないし、それならと、美和は自分から彼の近くへ来てしまったようだった。もちろん住み込みではなく、夕方になれば店から迎えが来るのだろう。

美和は、特に何を話すでもないのに、実に楽しげに働いていた。食事しながら顔を上げると目が合い、美和はすぐに視線を外して甲斐甲斐しく炊事をした。

午後は、他の若者と一緒に患者を診て、脈の取り方などを教わった。それらが一通り終わると、あとは自習時間のようなものだ。

しかし小夏は、まだまだ落ち着こうとせず、竜介を引っ張り回して養生所内を一緒に掃除して回った。

すると、そこへ結城玄庵がふらりと立ち寄ったのだ。本の束を沢山抱え、それを縁側に下ろした。

「小夏さん、悪いが彼を少し借りたいのだ」

「はい。どうぞ」

小夏が言うと、玄庵は少し休憩してから、竜介を伴って小石川を出た。もちろん多くの本の束を持たせるため、竜介が呼ばれたのである。

彼は両肩に本を載せ、早足の玄庵に従っていった。多くは、古い医書のようだ。

「どちらまで……?」

「市《いち》ヶ谷《や》、ああ、すぐあそこだ」

玄庵が指す方を見ると、八幡様らしい石段の脇に一軒の家がある。そこは摺師《すりし》の家のようだ。

中に入ると、二十代前半の男が摺りの手を止めて二人分の場所を空けてくれた。中は読売や講談本などの束が並び、さらに古書なども多く積み上げられていた。

「ああ、藤介《とうすけ》、またこれを預かってくれ」

「承知しました。こちらは?」

藤介と言われた若者が、竜介にも笑みを向けて訊いてくる。

「あ、養生所の竜介と申します。お見知りおきを」

竜介は自分で言って辞儀をし、玄庵と一緒に隅に座った。

「それはようこそ。藤乃屋《ふじのや》の藤介です」

藤介は言い、二人に茶を出してくれた。話を聞くと、今は摺りの仕事を主にしているが、やがては本屋にしたいらしく、それで不要の本なども多く預かるようになっているようだった。

「ああ、この事件は……」

竜介は、手近にあった摺りかけの読売を手にして言った。下高井戸の古寺が焼け、破落戸五人が仲間割れをし、拐かされていた大店のお嬢様を旅の青年が助けたという話が、だいぶ脚色されて面白おかしく書かれていた。

どうやら番屋にいた下っぴきあたりが、細かに知らないまま読売屋に情報を提供し、さらにそれを書き手が良いように変えたようだ。

「うん？　それがどうした？」

「これは私のことです。一昨夜、江戸へ来るときに行き会ったのです」

「何、本当か」

玄庵が言い、藤介も目を丸くしていた。

「はい。実際は、これとは少し違いますが、一夜の宿にと古寺に近づいたら、ここに書かれている老番頭の死骸につまずき、思わず声を上げたら、中にいる破落戸に捕まってしまいました」

「ふむ、それで?」

「破落戸は五人、そして大店のお嬢様が、本尊のいない須弥壇に大の字に縛られておりました」

竜介は、あの夜のことを細かに話してみた。あまりに不思議なので、とにかく一部始終を誰かに話したかったのだ。玄庵なら医師だから口は固いだろうし、藤介も単なる摺師ではなく、多くの書物に接している知識人と踏んだのである。

「お嬢様は身動きもならず、裾をめくられた途端、あまりのことに気を失ってしまったのです。しかしそのとき異変が……」

竜介が言うと、二人は身を乗り出して固唾《かたず》を飲んだ。

四

「確かに、五人の順番争いによる仲間割れには違いありません。しかし『殺し合え!』という心の声を、私ははっきりと感じ取りました。それは、気を失っているお嬢様から発せられたものです」

「それは、なぜ分かる?」

「お嬢様の縛られた須弥壇が、何やら小刻みにカタカタと動きはじめ、時には四隅にある脚の一方が浮き上がるというような異変が起きていました。伽藍《がらん》の飾りが、風もないのにカラカラと激しく揺れ、そのうち殺し合いが始まりました」

「ううむ……、それから……?」

「五人が息絶えると、倒れた燈明が障子に燃え移りはじめ、私は慌ててお嬢様の縄を解きに、須弥壇に上がりました。すると、解くよりも前に、失神しているお嬢様から『舐めて』という声が響き、私の顔は自然に陰戸に押しつけられ」

「うわあ……!」

玄庵が声を上げ、藤介も脂汗《あぶら》を滲《にじ》ませて聞き入っていた。

「裾をめくられただけで、羞恥と恐怖に気を失うほどお淑《しと》やかなお嬢様が、激しく淫水を漏らして身悶え、私も必死にオサネを舐め回した。すると、そこへ燃えた柱が倒れかかってきたのです」

「うん、それで!」

「すると、大人が何人がかりでも動かせないような大きな須弥壇が、ズズッと横に動いて柱をやり過ごしたのです」

「う ー ん、すごい……！」

「ようやく気を遣ったか、お嬢様がグッタリとなると、私の身体も自由に動くようになりました。それでようやく縛《いまし》めを解き、お嬢様を抱えて必死の思いで本堂を出たのです。あとは私も気を失い、火を見て駆けつけた人たちに助けられたのでした」

話を終え、竜介もつかえを吐き出したように力を抜いて茶をすすった。

すると、今まで黙って聞いていた藤介が口を開いた。

「もしや、湯島の越中屋、天神小町のお美和さんですか？」

「そうです……」

「やはり……。前にも、変な噂が立ち、読売を摺ったことがありました。言い寄る男の腕がねじ曲がったとか、物の怪に守られているとか」

「何、そんな娘がいたのか……」

玄庵は初耳だったようだ。

「実際は腕が曲がったのではなく、爪が全部剝がれたようです」

「うわあ、それは痛そうな……」

「とにかく、本人は何も気づいていない、実に大人しい娘さんなのですが、眠っているとき、あるいは無意識に何か起こってしまうようです。私は母親に聞いたのですが、オサネをいじる癖が治らず、それで腕を縛って寝たところ、異変が始まったとか」

「なるほど、少しずつ分かってきたぞ……」

玄庵が言った。

「古来、狐憑きとか家鳴《やな》りなどが起こる家には、必ず年頃の生娘がいると言われている」

家鳴りとは妖怪の名で、誰もおらず地震でもないのに家具や皿などが音を立てたりする現象を言う。

「西洋にも、そんな例が多くあるらしいと前野良沢《まえのりょうたく》先生が言っていた。要するに、月のものを迎え、快楽に目覚めたばかりの生娘は、相当な力を内に秘めているというのだな。羞恥心と罪悪感、快楽への好奇心、それらの諸々《もろもろ》が、いや、本人もほとんど意識していないのだが、そうした抑えられた欲求が何かの拍子に外へ流れ出す。美しく生まれつき、親の期待も大きく、大切に育てられた娘ほど、より大きな淫らな魔物が棲《す》みついてしまうようなものだ」

「はあ……、治るのでしょうか」

「むろん簡単に治る。情交してしまえば良いのだ」

「え……？」

「生娘でなくなった途端、自分の無意識の欲求に一つの方向が与えられ、異変は去る」

玄庵は事も無げに言うが、本当に快楽に目覚めたら、もっと大きな力を身に付けてしまわないのだろうか、と竜介は思った。

「もちろん男なら誰でも良いというものではない。思わぬ男に抱かれたら、爪が剝がれるどころではない。一物がひん曲がるかもしれぬしなあ。要は、そのお美和の好いた相手が情交してやるのが一番」

「なるほど」

玄庵の言葉に、藤介も頷いた。

「まあ、助けてくれたお前さん、竜介が最適の相手ではないのか」

「い、いえ、私は……」

「大店の婿に納まるのも良かろう」

「私は、医者になって鶴川村へ帰らなければなりません。村の金で勉強に来ているのですから」

「そうかそうか、では婿に入らぬまでも、人助けと思って抱いてやるのだな」

玄庵が言うと、藤介は少し羨《うらや》ましそうな顔をした。

「そうした機会があれば嬉しいのですけれど……。では、私はそろそろ養生所へ」

「おお、戻るか。ではご苦労だった」

「今のお話は、どうかお二人だけの胸に」

「ああ、分かっている。誰にも言いやせんさ」

言われて、竜介は二人に辞儀をし、自分だけ藤乃屋を出た。そして来た道を戻り、養生所に帰ると、ちょうど夕七つ（午後四時頃）の鐘が鳴った。

小夏が帰り支度をしていた。

「ただいま戻りました」

「ああ、私は帰る。賄いのお美和、お前が助けたのはあの娘だったのだな」

小夏が言った。どうやら竜介がいない間に、彼女は美和の話を聞いたようだった。

「はい」

「そうか、面倒を見てやれ」

小夏は言い、そのまま帰っていった。

厨を覗くと、まだ美和は残っていた。他の奉公人は帰ったので、あるいは竜介の帰りを待っていたのかもしれない。

「お帰りなさいませ」

「ああ、そろそろ迎えが来るのでは？」

「いいえ、参りません。湯島へは帰りませんので」

「え？　では、まさか……」

竜介や医師見習いの男ばかりの養生所に、小町娘が泊まり込むというのも問題だろう。

「内藤新宿の山吹町《やまぶき》に家があるので、そこへ」

美和が言う。山吹町は、小石川から目と鼻の近さらしい。話を聞くと、どうやら先代が隠居所に使っていた一軒家が空いているようだった。湯島から通うより、その方が近いので数人の女中とともに移ってきたのだろう。

「そうでしたか。ではお気をつけて」

「あの、お時間が取れるようになったら、そちらの家の方にも来てくださいましね」

「ええ、お邪魔します」

竜介が言うと、美和は嬉しげに笑みを洩らし、やがて帰っていった。

彼は夕餉《ゆうげ》を済ませ、一通り患者を見回ってから自室に戻って横になった。

もちろん手すさびしたかったが、明日も何やら小夏と何か良い行為に発展するかもしれない。一人でするより、やはり生身の相手の方が心地よいので、彼は我慢して眠ることにした。

少し眠ったが、ふと彼は夜中に目を覚ました。

部屋の中に気配を感じたのだ。夜目に慣れると、襖《ふすま》が開いて人影がうずくまっているのが見えた。

「うわ……、誰です……」

声を震わせて飛び起きたが、相手がいきなりしがみつき、唇が重なってきた。

柔らかく濡れた感触と、ほんのり甘酸っぱい芳香が感じられた。

そして障子越しに月光が射し込みはじめると、その青白い半面が照らし出された。

「お、お美和さん……、どうしてここへ……」

唇を離し、竜介は驚いて言った。

しかし美和の眼差しは虚ろで、半開きの口から白い歯並びが覗いているばかりだ。

「ひょっとして、眠ったままここへ……？」

竜介は、美和が通常の状態でないことを察して言った。眠ったまま、自分では気づかずにあれこれ行動してしまうことがあると、物の本で読んだことがあった。

「舐めて……」

寝巻き姿のまま来てしまった美和が、裾をめくり彼の布団に仰向けになって言った。それは、あの下高井戸で接した時の、美和の声音と雰囲気であった。

大胆にも大股開きになり、月明かりに陰戸を晒《さら》け出している。何という妖しくも艶《なまめ》かしい光景だろうか。

竜介も、先のことは後で考えるとして、目の前の美味しそうな肉体を優先することにした。激しく勃起しながら腹這いになり、まずは美和の足裏に舌を這わせた。

「そこじゃない。ここ、早く……」

美和が、普段のおっとりした口調とは違う、蓮っ葉な命令口調で言った。そして自ら陰唇を広げ、包皮を剝いてオサネを指し示していた。

竜介は内腿を舐め上げ、美和の股間に顔を迫らせていった。

五

「ああッ……！　そこ、気持ちいいッ……！」

オサネを舐め上げると、美和が声を上ずらせて喘《あえ》ぎ、クネクネと腰をよじらせはじめた。

柔らかな恥毛には可愛らしい体臭が馥郁と籠もり、しかし割れ目内部は蜜汁が大洪水になっていた。

竜介は執拗にオサネを舐め、溢れる淫水をすすり、滑《なめ》らかな内腿に挟まれながら必死に愛撫を続けた。

少々声を出されても、ここは養生所内の外れだから大丈夫だろう。

彼が肛門など他の部分を舐めようとしても、美和はオサネへの快感のみに執着していた。

やがてオサネを舐め回すうち、美和の痙攣が大きくなってきた。

「アアーッ……！」

たちまち弓なりに身を反り返らせ、彼女はガクンガクンと狂おしく腰を跳ね上げながら気を遣ってしまった。

そして硬直が解けると、竜介も舌を引っ込めて股間から這い出し、美和に添い寝した。

さて、満足したらどうなるのだろう。このまま深い眠りに入られるのも迷惑だし、目覚めて、自分のしたことを嘆かれるのも困る。

美和は目を閉じ、ただハアハアと荒い呼吸を繰り返していた。その甘酸っぱい上品な匂いを嗅ぎながら、竜介も我慢できなくなってきてしまった。

せめて乳首を吸い、あるいは舌をからめながら自分で手すさびしてしまおうと思い、彼は下帯を解いて一物を露出した。もちろん美少女の匂いと味に接し、肉棒ははち切れそうに勃起していた。

そして胸元を開こうとすると、いきなり美和が目を見開き、パッと身を起こした。

「な、何だ。どうするの……」

竜介が驚いて身構えると、

「飲ませて……」

彼女は言いながら、仰向けの竜介の股間に屈み込んできてしまった。

そして竜介が心の準備もしていない間に、美和はすっぽりと一物を一気に喉の奥まで呑み込んできたのだ。

「く……！」

彼は激しい快感に呻いた。

美和の口の中は熱く濡れ、吸引も舌の蠢きも激しかった。しかも彼女は眠りながら無意識に行動しているので、いきなり嚙み切られるのではないかという不安も快感に拍車をかけていた。

「ンンッ……！」

美和は熱い息を彼の股間に籠もらせながら、執拗に舌をからめ、温かな唾液でヌルヌルにしてくれた。さらに強く吸引しながらチュパッと口を引き離し、ふぐりにもしゃぶりついてきたのだ。

二つの睾丸を充分に舐め回してから、美和は再び肉棒を呑み込み、今度は本格的に顔全体を上下させ、スポスポと強烈な摩擦を繰り返してきた。

もう限界である。とても生娘とは思えない濃厚な愛撫に、たちまち竜介は昇り詰めてしまった。

「あぁッ……！　いく……！」

竜介は大きな快感に貫かれながら口走り、下からも股間を突き上げ、まるで美少女の口と交接しているように動かした。同時に、熱い大量の精汁が、勢いよくドクンドクンとほとばしった。

「ク……、ウウ……」

喉を直撃されながらも、美和は口を離さず、小さく鼻を鳴らしながら噴出を受け止めた。

こんな無垢なお嬢様の口に出して良いものだろうか、と思ったが、そんな後ろめたさも快感になった。どうせ正気に戻れば、何もかも忘れているのだろう。

美和は口に溜まった分を喉に流し込み、なおも余りをせがむように強く吸った。

「アア……」

吸われると、何やら脈打つ調子が無視され、直接ふぐりから吸い出されているような強烈な快感が湧いた。

とうとう最後まで吸い出され、竜介はぐったりとなった。美和も、もう出ないと知ると、口の中の分を全て飲み干し、ようやく亀頭から口を離してくれた。

そしてオサネを舐めさせて気を遣り、精汁を飲んで気が済んだように、美和はそのままふらりと立ち上がった。

竜介は余韻を味わう暇もなく、慌てて下帯を着けて寝巻きを羽織った。そして風のように外へ出てゆく美和を追った。やはり女の一人歩きは危険だし、夜回りにでも訊問されたら面倒である。

しかし美和は、ちゃんと草履を履いて足早に進んでいった。その動きに迷いはなく、このまま誰にも行き会わず、山吹町まで帰ってくれれば良かった。家に入るのを見届ければ、竜介も安心して養生所へ帰れるのだ。

来るときは、幸い誰にも会わなかったのだろう。

しかし、先を行く美和は、とうとう人と行き会ってしまった。

「うん？　あなた一人か？　こんな夜中に、どうした」

歩いている美和に話しかけたものがいた。二本差しの武士だ。しかも、どうやら女ではないか。

美和は答えず、ただ歩くばかりだ。女武者は心配らしく、そのまま一緒に歩きながら何か話しかけていたが、美和は一向に聞こえていないようだ。

仕方がなく、竜介は二人に追い付いた。

「あの、私も参ります」

「何、お前は何者か」

女武者が眉を吊り上げて言う。どことなく、小夏に似た雰囲気のある、二十代前半の美貌の女剣士である。長い黒髪を後ろで束ねて垂らし、颯爽《さっそう》たる野袴姿だった。

「私は養生所の竜介、この娘はお美和」

「なに？　養生所？　証拠は。東堂を知っているか」

「はい。東堂小夏様の下で、私は働いております」

「おお、確かに本当のようだ。私は内藤新宿で道場を開いている池野冴《いけのさえ》。小夏は私の弟子の一人だった」

「そうでございますか。とにかく、このお美和さんが家へ入るまで見届けましょう」

竜介は、力強い同行者を得てほっとした。冴は、どうやら所用で他出していて帰りが遅くなったようだった。

「この娘はどうしたのだ」

「眠っております。自分でも何をしているか分からず、家を抜け出して養生所へ来てしまいました。そしてまた勝手に帰りはじめたので、心配で追ってきたのです」

「そうか、そうした病があるのか」

冴は納得して頷き、迷いなく路地を曲がって進んでいく美和を、二人で挟むようにして歩いた。

やがて山吹町に入ったか、美和の歩みが遅くなった。そして一軒の、黒塀に囲まれた家へと入っていった。

どうやら、ここに間違いないようで、中に入ってからも騒動は起こらなかった。同居している女中たちも、美和が抜け出したことは気づいていないのだろう。

「大丈夫なようですね。ご同道有難う存じました」

「ああ、だが年中抜け出すようでは危ないな。家のものに注意すべきだろう」

「はい。明日にも厳重に言っておきますので」

竜介は、冴に辞儀をして言った。

「そうか。では私はこのまま帰る。気をつけて戻れ。小夏によろしく」

「はい。おやすみなさいませ」

竜介は冴を見送り、やがて自分も踵《きびす》を返して急ぎ足で小石川へと戻っていった。

幸い養生所の方でも、竜介が勝手に抜け出したことに気づいた者は一人もいないようだった。

彼は布団に潜り込んだものの、なかなか寝付かれずにあれこれと起きた出来事を思い起こした。布団には、まだ美和の淫水の湿り気と甘ったるい体臭が残っていた。

それにしても江戸へ来てから、いや、到着直前から、毎日のように多くのことが起き続けているものだ。

それでも幸運なのは、多くの良い人たちに恵まれていることである。特に玄庵は、どんな相談でも乗ってくれそうな懐の深さが感じられる。

あとは自分自身が、着々と医師になるための研鑽《けんさん》を積むだけなのだろう。

もともと医師は免許制度ではない。単に医師のそばにいて何かと手伝ううち、自然に身に付いてくるものだ。あとは症状に合わせて灸を施したり薬草を選び、快方へ向かう手伝いをするのだから、一年も経てば鶴川村へ戻って開業できるだろう。

それには多くの症例に接し、また一方で女体の方も何とか極めてゆきたかった。単に神秘だけではなく、男とは違う仕組みを頭に入れ、身をもって知ってゆかなければならないと思った。

そんなことを考えているうち、いつしか竜介は深い眠りに落ちていってしまった。

――翌朝、自然に目が覚め、竜介は夜明け前の井戸端で顔を洗った。

そして日が昇り、奉公人たちも来て活気が出てくると、間もなく美和もやってきて厨の仕事を始めた。

「やあ、お早う」

「お早うございます。今日も良いお天気ですね」

美和が屈託のない笑顔で言う。

「昨夜は、何か変わったことはあった？」

「いいえ？　家でぐっすり眠っておりましたが、何か？」

美和が小首をかしげて言う。やはり何も覚えておらず、快感の余韻らしきものも自覚していないようだった。

第三章　天神小町は果実の匂い

一

「そうか、冴先生に会ったか。確かに、同い年だが私の師であり、大変に怖くて厳しい一流の剣士である。だが、なぜどこで会った」

小夏に池野冴の話をすると、やはり相当に親しい間柄のようだ。

もちろん二人は、薬園の雑草むしりという作業をしながら会話していた。

「はい。実は長い話になるのですが」

「構わぬ。まだまだ草むしりは時間がかかる」

しゃがみ込みながら小夏が言う。ややもすれば、胸元どころか、めくれた裾の間から黒い茂みまでが覗けそうになることがあった。

「はい。では順々にお話しいたします」

竜介は、下高井戸の荒れ寺での出来事から話しはじめた。淫らな部分はどうしようかと思ったが、医師である小夏には正直な方が良いし、また彼女の反応も見てみたいので、ありのままに言ってみた。

「なに、お美和は気を失っている間に、破落戸《ごろつき》同士を殺し合わせ、大きな須弥壇を動かした？」

「はい。大変に不可思議な力を秘めている娘です。そのうえ……」

陰戸を舐めるよう強要され、気を遣ると大人しくなった話をした。

「なんと……、顔が自然に陰戸に吸い寄せられたというのか……」

小夏の頬が、陽射しの暑さばかりでなく紅潮しはじめ、草いきれの中、甘ったるい汗の匂いが濃くなってきた。

「なるほど、事件の経緯は分かった。それで？」

「昨夜、お美和さんが眠りながら家を抜け出し、ここへ来てしまいました」

竜介は昨夜の話をはじめた。小夏も、ややもすれば草むしりの手を止めて彼の目を見つめた。

「してしまったのか」

「いいえ、また舐めさせられただけです」

「そうか……」

「気を遣ってしまうと、気が済んだように再び彼女はふらふらと出てゆきました。夜中なので心配で、それでちゃんと家へ戻るかどうかあとをつけたのです。すると、ちょうど通りかかった冴様がお美和さんを心配し、声をかけてきました。それで私と一緒に家まで送り届けてくれたのです」

「なるほど……、分かった。それで、お前はどう思っている？」

「昨日、玄庵先生に相談しました」

「うん、あの先生は頼りになる。それで？」

「生娘の中には、不可思議な力を秘めているものが稀《まれ》にいると言うことです。しかし、生娘でなくなった途端に治ると」

「………」

小夏は複雑な表情で彼を見て、また草むしりを再開させた。

「そんな力は、私にはなかったが……」

「女は、それほど月のものに左右されるのですか」

「それは、ある。昨日私がお前に手を出してしまったのも、月のなせる技かもしれない」

小夏は、快感を甦《よみがえ》らせたように言い、かぶった手拭いで顔の汗を拭った。

「そうですか……。でも、生娘でなくなれば治ると言われても、私がして良いものやら。

お美和さんは一人娘だし、私も鶴川村へ帰らなければなりません」

「でも、お美和はお前を好いていよう。でなければ、大店の娘がいきなりここで働くはずもない」

小夏がそう言ったとき、迫る足音が聞こえ、二人は振り返った。

「たいそう仲が良さそうだな」

見ると、野袴に大小を帯びた池野冴ではないか。彼女は颯爽と初夏の風に吹かれ、髪をなびかせて薬園に入ってきた。

「冴先生！」

小夏が顔を輝かせ、サッと立ち上がって言った。竜介も身を起こして辞儀をした。

「昨夜はどうも」

「ああ、お前たちがどこにいるのか厨で訊いたら、昨夜の娘がいた。私のことは覚えていないようだったが」

冴が言う。小夏は、むしった草を籠《かご》に入れ、かぶっていた手拭いを外した。

「どうぞ。茶でも」

「いや、仕事の邪魔はせぬ」

「そろそろ休憩をしようと思っておりました」

小夏は言い、竜介も草の籠を持って薬園を出た。

小夏は厨に茶を頼み、冴は薬園を見渡す縁側に腰を下ろした。

竜介は小夏と一緒に井戸端で手を洗い、厨から盆に載せた茶を持って縁側に戻った。

「すっかりご無沙汰しております」

「ああ、道場を辞めて丸二年か。苦労もしたようだが、すっかり養生所の仕事が身に付いているようだな」

小夏の言葉に、冴が言う。苦労とは、許婚を失ったことを指すのだろう。

そして冴は、懐中から読売を取り出して見せた。摺り上がり、売り出されたばかりの下高井戸の事件である。

「ああ、これは私のことです」

「やはりそうか。今朝ほど、玄庵先生と行き会い、これを貰《もら》ったのだ」

竜介は、昨日藤乃屋で見ているから、小夏に渡した。小夏は熱心に読み、さっき竜介から聞いたばかりの話だから呑み込みも早かった。

「なるほど、仲間割れと書かれているが、実際はお美和の不可思議な力に操《あやつ》られたと言うことか……」

小夏が言う。

彼女の男言葉は、どうやら敬愛する冴の癖が移ったものらしいと竜介は今気がついた。

「何か大事が起きる前に、早めに手を打った方が良いな」

冴が言い、竜介も頷いて立ち上がった。

「では、これから山吹町へ行って、家の人と相談したいのですが」

「分かった。行ってくれ」

小夏の許しを得ると、そのまま竜介は養生所を出た。小夏と冴は、まだもう少しお喋《しやべ》りしているようだ。

小石川から山吹町まで、早足で行けばいくらもかからない。四半刻（三十分ほど）もあれば往復できてしまう距離だろう。

黒塀の一軒家を訪《おとな》うと、何と、八重が出てきた。

「まあ、これはようこそ」

彼女も驚いたように目を丸くし、すぐに彼を迎え入れてくれた。家は、座敷が三間に厨と厠《かわや》だけ、もちろん内風呂はなく裏に井戸端があるだけだった。それでも狭い庭には植木があり、小さな池もあった。

「いつも、内儀《おかみ》さんがこちらへ？」

「いいえ、今日はたまたま私が」

「そうでしたか……」

話によると、普段は老女中が朝から夕方まで来ていて掃除や食事の仕度をしているらしい。しかし美和が養生所から帰宅すると、夕餉の後片付けを終えて湯島へ帰ってしまうようだった。だから夜は美和一人きりなのだ。

それで昨夜も、美和が夜中に出入りしたことは誰も知らなかったのだろう。

「心配なのですけれど、どうしても夜は一人になりたいと言うものですから。でも、竜介様がお越しになるということは、何かあったのでございますね？」

「はあ、夜中に抜け出して養生所へ来てしまいました。本人は眠ったままなので、何も覚えていないようですが」

「まあ……！　どういたしましょう……」

八重が心細げに言った。

「今日、お美和さんを養生所に泊めて、様子を見てみようかと思うのです。小夏様という女医の方にも相談しているので、心配はありません」

「そうですか。分かりました。ならば、申し訳ありませんが、お任せしたいと思います」

八重が嘆息して言い、話を終えると急にもじもじと腰を動かしはじめた。甘ったるい匂いが濃くなってきたので、あるいは淫気を催したのかもしれない。

娘を心配しながらも、若い男と二人きりだとたちまちその気になってしまうようだ。こうした多情な面が、美和の中にも息づいているのだろう。

「すぐ、お戻りになりますか？」

「いえ、少しなら時間はございますが」

「ならば、もしお嫌でなければ……」

八重は言い、すぐにも立ち上がって部屋の隅の布団を敷き延べはじめた。

もちろん竜介も、互いの淫気が伝染し合ったように高まっているので、自分から帯を解いて着物と下帯を取り去ってしまった。

八重もたちまち襦袢一枚の姿になって、竜介に添い寝してきた。もうすっかり美和のことは頭を切り換えたように、きつく抱きすくめてきた。

「アア……、可愛い……」

腕枕して熱く囁きながら、ぴったりと唇を重ねてきた。

竜介も、ぽってりした肉厚の唇を味わい、湿り気ある甘い吐息と、潜り込んで蠢《うごめ》く滑らかな舌の感触を堪能した。生温かな唾液を吸いながら、豊かな胸に舌を這わせると、

「ンンッ……！」

八重が熱く呻いて、ちゅっと強く彼の舌に吸い付いてきた。

やがて互いの舌を吸い合い、竜介が充分に美女の唾液と吐息に酔いしれると、ようやく彼女が力をゆるめた。

口を離し、彼は白い首筋を舐め下り、色づいた乳首に吸い付いていった。

「あぁッ……！　いい気持ち……、もっと強く吸って……」

八重がうねうねと熟れ肌を悶えさせて言い、彼の顔を胸に抱き寄せた。

竜介は乳首を舌で転がし、もう片方も含んで吸いながら、生ぬるく甘ったるい体臭でうっとりと胸を満たした。

二

「アア……、いいの？　また、そんなことしてもらって……」

熟れ肌を舐め下り、竜介が彼女の足裏に舌を這わせはじめると、八重は激しく身悶えて言った。

竜介は蒸れた足裏と指の股を舐め、悩ましい匂いで鼻腔を刺激されながら興奮していった。指の間に舌を割り込ませ、もう片方の足も充分にしゃぶり尽くすと、いよいよ彼は腹這いになって、八重の股間へと向かっていった。

顔を迫らせると、早くも八重の割れ目からは熱い大量の蜜汁が溢れ、濃厚な女の匂いを発して彼を誘っていた。

すぐにも竜介は顔を埋め込み、柔らかな茂みに鼻をこすりつけた。甘ったるい汗の匂いと刺激的なゆばりの残り香が鼻腔を搔き回してきた。舌を差し入れ、ヌメリを舐め取りながら光沢あるオサネまでたどっていくと、

「あァン……！」

八重がびくっと下腹を波打たせ、顔をのけぞらせて喘《あえ》いだ。

竜介はオサネに吸い付き、溢れる蜜汁をすすり、むっちりと量感ある両脚を抱え上げて尻の谷間にも鼻を埋め込んでいった。可憐な薄桃色の蕾《つぼみ》に鼻を押しつけると、秘めやかな微香が馥郁《ふくいく》と感じられた。舌を這わせ、細かな襞の震えを味わってから中に潜り込ませていった。

「あう……！」

八重が呻《うめ》き、舌の感触を嚙みしめるようにキュッと締め付けてきた。

竜介は滑らかな内壁を舐め回し、蜜汁の溢れる陰戸に鼻を押しつけた。

「ああ……、お願い、指を入れてみて……」

彼女が口走り、竜介は舌を引き抜き、左手の人差し指を唾液に濡れた肛門に押し込んで

みた。力を入れると、角度さえ合えば指はズブズブと容易に深く潜り込んでいった。

「く……！」

八重は呻き、肛門と同時に膣口を締め付け、新たな蜜汁を溢れさせた。

竜介は、さらに右手の指を二本、膣口にヌルヌルッと潜り込ませ、再びオサネに吸い付いていった。

「アアッ！　気持ちいいッ……！」

八重が声を上ずらせ、激しく身悶えはじめた。

前後の孔で竜介の指はきつく締め付けられ、蜜汁の量も格段に増した。彼も必死にオサネを舐め回し、それぞれの指を微妙に蠢かせた。

「あうう……、も、もういいわ、やめて。感じすぎる……！」

八重が、それ以上の刺激を拒《こば》むように言い、彼の顔を股間から突き放してきた。やはり指と舌で気を遣ってしまうのが、急に勿体《もったい》なく感じられたのだろう。

前後の孔から指を引き抜くと、膣内に入っていた二本の指の間には、白っぽく濁った粘液が太く糸を引き、湯上がりのように指がふやけていた。肛門に入っていた方も、汚れの付着はないが生々しい匂いが感じられ、竜介は激しく興奮が高まった。

「こうして……」

八重が言い、彼を仰向けにさせた。そして覆《おお》いかぶさるように竜介の乳首に吸い付き、左右交互に舌を這わせてから、徐々に肌を舐め下りて股間に向かっていった。

熱い息に肌をくすぐられ、濡れた唇と舌が這い回るたびに彼はビクリと反応した。

そして八重はいよいよ股間に迫り、一物に熱い息を吐きかけ、張りつめた亀頭にねっとりと舌を這わせてきた。

「ああ……」

竜介は快感に喘ぎ、舌の刺激にひくひくと幹を上下に震わせた。

八重は震える一物の先端をパクッとくわえて捉《とら》え、そのままもぐもぐと喉の奥まで呑み込んでいった。

温かく濡れた口の中で、さらに肉厚の舌がくちゅくちゅと蠢いた。熱い鼻息は恥毛をそよがせ、たちまち肉棒全体は美女の唾液にねっとりとまみれた。

八重はすぽすぽと口で摩擦をし、それでも唾液に濡らすのが目的で、今回は口で果てさせるつもりはなかったようだ。すぐにもスポンと口を引き離し、身を起こしてきた。

「いいですか、上になっても……」

八重は言いながら、仰向けの竜介の股間に跨り、自ら幹に指を添えて先端を陰戸にあてがっていった。息を詰め、ゆっくりと座り込むと、一物は滑らかに呑み込まれていき、彼女もすぐに股間を密着させてきた。

「ああーッ……！」

八重は顔をのけぞらせて喘ぎ、しばし貫かれたまま身を反らせていた。

竜介も、心地よい挿入時の摩擦感とヌメリに暴発を堪え、必死に息を詰めていた。

すぐに彼女が身を重ね、熟れ肌を密着させながら腰を動かしはじめた。竜介もしがみつきながら、下から股間を突き上げた。

屈み込んで乳首を吸い、伸び上がっては唇を重ね、美女の唾液で喉を潤した。

互いの動きは止めようもなく次第に激しくなり、溢れる蜜汁にぴちゃくちゃと卑猥な音が響き渡った。

「い、いっちゃう……！」

八重が口走り、股間のみならず熟れ肌全体を彼の全身にこすりつけてきた。

竜介も堪らず、続けて快感に貫かれ、ありったけの精汁を噴出させた。

「アアッ……！」

それを感じ取り、八重は狂おしい痙攣を起こしながら彼の顔中に唇と舌をこすりつけてきた。かぐわしい匂いの中、竜介は最後の一滴まで心おきなく出し尽くした。

動きを止めると、八重も徐々に律動をゆるめ、やがてグッタリと彼に身を預けてきた。

竜介は、深々と納まったままの一物を、何度かぴくんと脈打たせ、八重も応えるようにキュッと締め付けてきた。

何と言っても八重は、最初に手ほどきしてくれた女だ。竜介にとっては女の基準のようなもので、しかも美和の出てきた穴にこうして納まっているのは、何とも心地よかった。

やがて充分に余韻を味わうと、八重も満足げに股間を引き離した。

そして添い寝しながら呼吸を整え、ようやく身を起こして彼の股間を懐紙で処理してくれた。

「では今夜は、お美和さんは戻りません。明日の夕方になりますので」

身繕いし、竜介が言うと、

「承知しました。よろしくお願い致します」

八重も、乱れた髪を整えながら答えた。

竜介はすっかり満足して山吹町の家を出ると、真っ直ぐに小石川へと戻った。

すると、養生所の入り口で、しきりに中を窺《うかが》っている男がいた。二十歳前後で、やけに良い着物を着ている。

「何か御用でしょうか。私はここのものですが」

「あ、いや……」

言うと、男は振り返り、値踏みするように竜介の全身を見回した。良い男なのだろうが薄い眉と唇が酷薄そうで、あまり好感が持てなかった。知性が感じられず、額に汗する様子もない。単に親の金で遊んでいる馬鹿息子の類であろう。

「賄いに、お美和という女がいるはずだが」

「はあ、おりますが、呼んでくれればよいのですか」

やけに爪の色が悪かった。おそらくこの男が、美和に触れようとして全ての指の爪を剥がされた相手だろう。

「呼ばなくていいよ。明日の暮れ六つ、そこの伝通院《でんづういん》の境内《けいだい》で待っていると伝えてくれりゃいい。あたしは鍛冶《かじ》町の佐吉《さきち》ってもんだ」

それだけ言うと、佐吉は雪駄《せった》を鳴らしながら足早に立ち去ってしまった。

それを見送り、見えなくなると竜介は養生所に戻った。もう冴も帰ったようで、小夏は草むしりを終えて戻ってきたところだった。

「あ、お疲れ様でした」

「どうだった」

小夏は汗を拭き、縁側に腰を下ろして言った。

「はい。心配なので、今夜はお美和さんを養生所に泊めて、眠ったあとの様子などを見たいのですが。家の人には、そのように言ってきました」

「そうか、分かった。ならば私も立ち会おう。六つ半（午後七時頃）にはこちらへ戻ってこられると思う」

「承知しました。助かります」

竜介が言うと、間もなく七つ（午後四時頃）になり、小夏は手を洗っていったん帰宅していった。やはり武家娘である以上、無断でそのまま養生所に泊まるわけにもゆかず、一度帰宅して親に言わなければならないのだろう。

彼はそのまま厨に行き、そっと美和を裏庭に呼び出した。

「さっき山吹町を通ったとき、内儀さんに会ったんだ」

「まあ、そうでしたか」

「ああ、それで今夜、お美和さん、宿直できないだろうか。手伝ってほしいことがあるのだが、内儀さんの許しは貰っている」

「はい。構いません」

「そう、じゃ他の人には内緒にして、夕餉のあと私の部屋の方へ」

「わかりました」

美和は、顔を輝かせて頷き、すぐ厨に戻っていった。

やがて竜介は、他の若者たちと交代で湯殿を使い、順々に厨で夕餉を済ませた。そして日が暮れる頃から自由時間となり、竜介は自分の部屋で布団を敷いて待っていた。

すると、やはり夕餉と片付けものを終えた美和が、そっと入ってきたのだった。

三

「あの、御用というのは……」

美和が、羞じらいと悦びを笑みに含んで隅に座った。

「いや、実は用なんかないんだ。こうして、お美和さんと二人で話したかっただけだから」

「まあ……」

美和は俯《うつむ》き、もじもじした。何とも可憐な仕草で、この美少女がまさか、無意識の中では陰戸を舐めることを強要する淫魔と化すとは、誰が信じるだろう。

「では、今夜はここで一緒に寝るのですか……？」

「ああ、もちろん嫌ならば山吹町まで送ってあげる」

「いいえ、嫌じゃありません。ただ、恥ずかしくて……」

美和は、ふんわりと甘い花のような匂いを漂わせ、なかなか顔を上げなかった。

竜介は身を乗り出し、彼女の手を握って布団の方へと引き寄せた。

何度か陰戸は舐めているものの、今宵は情交までしようと思っているし、何より美和が通常の状態なので彼の興奮と緊張は最大限に高まっていた。

「あん……」

「さあ、もっと近くへ……」

言うと、ようやく彼女も布団まで移動し、行燈の灯の届くところまで来た。

何と可愛い顔だろう。美和は竜介より一歳上だが、やはり大切に育てられてきただけあり年齢より若く見え、何より控えめで淑やかな性格が、その整った表情にも現われていた。

「私は医師を目指しているのだけれど、どうにも若い娘さんの身体を見たことがない。勉強のため、どうかお美和さんに見せて頂きたいのだが、いかがでしょう」

「え……？」

言われて、美和はビクリと身じろいだ。

「そ、それは、勉強のためだけでしょうか……」

「いや、それもあるが、やはり最初は、一番好きなお美和さんを見たいのです。もちろん恥ずかしくてお嫌でしょうから、無理にとは申しません」

言いながら竜介は、激しく勃起していた。

無意識の時は、あれほど大胆に自ら股を開いて、陰戸を舐めることを強要する美和も、今は花も恥じらう生娘でしかないのだ。

しかも、昼間は母親の八重と情交をし、その夜に娘の美和と秘め事をしようとしているのだから、竜介は自分でも淫らな巡り合わせに感慨深いものを感じていた。

「あの、竜介さんのためでしたら、私は何でも……」

やがて美和が、チラリと顔を上げて言い、また羞じらいに顔を伏せた。

「そう！　それは嬉しい」

竜介は言い、気が変わらぬうちに、と言うより小夏が来ないうちに彼女を抱きすくめて布団に横たえた。

「あん……！」

美和が、甘酸っぱい息を弾ませながら声を洩らし、それでも拒まず竜介にしがみついてきた。彼は一緒になって添い寝し、とうとう愛しさに負けて、そっと唇を重ねてしまった。

柔らかく、何とも清らかな感触が伝わってきた。

竜介はお嬢様の唇の弾力を味わい、切れぎれに温かく洩れてくる湿り気ある吐息を嗅いだ。上品に甘酸っぱい果実臭が馥郁と鼻腔に満ち、彼は激しく興奮しながら舌を差し入れていった。

白く滑らかな歯並びを舐め、引き締まった桃色の歯茎を舐めているうち、ようやく美和の前歯が開かれていった。口の中は、さらに可愛らしい芳香が満ち、このまま身体ごと入ってしまいたい衝動にさえ駆られた。

舌をからめると、

「ンンッ……！」

美和も熱く呻きながら、くちゅくちゅと激しく舌を蠢かせてきた。

温かな唾液はとろりとして、何とも心地よい滑らかさと適度の粘り気があり、うっすらと甘い味がした。竜介は美少女の口の中を隅々まで舐め回し、心ゆくまで美和の唾液と吐息を味わった。

ようやく口を離したときには、美和はとろんとした眼差しになり、すっかり全身から力が脱けてしまっていた。

竜介は身を起こし、彼女の下半身へと移動した。美和は身を投げ出し、ぐったりとなっている。彼は美和の足袋を脱がせ、そっと爪先に鼻を埋め、微かに蒸れた芳香を吸い込みながら足裏や指の股に舌を割り込ませた。

「アァッ……！」

美和は喘いだが、何をされているかも把握できていないほど、口吸いに魂を抜き取られているようだった。

竜介は彼女の裾を開き、腰巻きをめくり、ゆっくりと下半身を露わにしながら、開かせた脚の内側に腹這いになっていった。白くむっちりとした健康的な脚がニョッキリと露わになり、何度となく舐めた陰戸が、楚々《そそ》とした茂みを震わせて目の前に迫った。

割れ目はうっすらと潤いは帯びているものの、眠っているときほど蜜汁の大洪水にはなっていない。

「ああ……、恥ずかしい……」

美和が内腿を震わせ、両手で顔を覆いながらか細く言った。

竜介は構わず顔を進め、そっと指を当てて陰唇を開いた。生娘の膣口が息づき、光沢あるオサネが包皮を持ち上げるようにツンと勃起しはじめていた。

実に清らかな柔肉だが、やはり見られているだけでも淫気は増してくるのだろう。次第に蜜汁が多くなり、悩ましい匂いも濃くなってきた。

竜介はぎゅっと顔を埋め込み、柔らかな若草の隅々に染み込んだ美少女の体臭を胸いっぱいに嗅いだ。甘ったるい汗の匂いとゆばりの刺激を感じながら舌を這わせると、ねっとりとした蜜汁が淡い酸味を伝えてきた。

「ああン……、どうして、そんなところを舐めるのです……」

何度も舐められているのに、覚醒時では初体験の美和が驚いたように言った。それでも舐められる快感は身体が知っているだろうから、たちまち下半身がうねうねと波打ちはじめてきた。

「味と匂いを知っておきたいのですよ。さあ力を抜いて」

竜介は言い、なおも割れ目に舌を這わせ、オサネまで何度も舐め上げた。さらに脚を浮かせ、愛らしい尻の谷間にも鼻を潜り込ませ、可憐な薄桃色の蕾に籠もった匂いを嗅ぎ、細かな襞に舌を這わせた。

「あうう……、い、いけません……」

美和が腰をよじりながら呻き、竜介は執拗《しつよう》に肛門を舐め、内部にも舌を潜り込ませた。

そしてもがく脚を下ろし、再び新たな蜜汁をすすり、オサネを舐め回すと、

「アア……、き、気持ちいい……！」

彼女は声を上げ、がくがくと狂おしく痙攣しはじめた。もう無意識の時に気を遣るのとほとんど変わらない反応になっていた。

竜介は舐めながら自分も裾をめくって下帯を取り去り、美和が本格的に昇り詰める前に、顔を上げて股間を押し進めていった。

先端を押し当て、ぬめりを与えるように何度か亀頭をこすりつけてから位置を定め、やがて一気に貫いていった。張りつめた先端が、生娘の膣口を丸く押し広げ、大量の潤滑油に助けられながらヌルヌルッと滑らかに潜り込んだ。

「あう……！」

美和が眉をひそめ、快楽からいきなり激痛に変わって戸惑ったように呻いた。

一物は狭い柔肉の奥に根元まで深々と入ってしまい、竜介は股間を押しつけたまま脚を伸ばし、上からのしかかって美和を抱きすくめた。

さすがに内部は狭く、締まりも抜群だった。同じ生娘でも、小夏より小柄なので痛々しい感じさえした。

「大丈夫？　ごめんよ、どうしても欲しかったんだ……」

「いいえ……、私も、最初は竜介さんと決めていたから……」

彼の囁きに、美和も健気に答え、下から両手を回してしがみついてきた。

竜介は彼女の肩に腕を回し、少しずつ様子を見ながら腰を突き動かしはじめた。

「アア……！」

「痛いかい？　無理なら止めるけど」

「平気です。続けてくださいませ……」

美和に言われ、彼も次第に調子をつけて律動した。何しろ淫水が多いから、動きもすぐに滑らかになり、いつしか美和も下から股間を突き上げはじめていた。

動くうち、とうとう竜介は宙に舞うような大きな快感に全身を貫かれてしまった。

「ああッ！　い、いく……！」

快感に身悶えながら竜介は喘ぎ、美少女の柔肉の奥に向けて大量の精汁をほとばしらせた。それは実に大きな絶頂で、思い合う者同士が一つになったような感激もあった。

美和の方は、もう痛みも麻痺したように身を強ばらせ、反応もなくじっと息を詰めているばかりだった。

やがて竜介は最後の一滴まで心おきなく放出し尽くし、満足げに動きを止めていった。

そして身を重ねながら、美少女のかぐわしい息を間近に感じ、うっとりと快感の余韻に浸り込んでいった。

呼吸を整え、ゆっくりと股間を引き離すと、

「あう……」

抜けるときに、また違和感を覚えた美和が声を洩らした。

生娘でなくなったばかりの陰戸を見ると、逆流する精汁に混じり、うっすらと血の糸が走っていた。竜介は懐紙で優しく拭ってやり、帯を解いて乱れた着物を脱がせた。そして襦袢だけにしてから、再び添い寝していった。

美和はまたしがみつき、彼の胸に顔を埋め込んできた。後悔はないようで、まずは一安心だ。さて、これで無意識の異変は治まるのだろうか。

「まだ痛むかい……?」

「いいえ……、大丈夫です。それより、嬉しくて……」

美和が小さく答え、その目は潤んでいた。

おかしな噂が立ち、婿入りの話も途絶えていただけに、ようやく男と情交できたことが感慨深いのだろう。もちろん竜介は婿に入るわけにいかないが、それも美和は承知しているようだった。

やがて美和は、竜介の腕の中で、いつしか寝息を立てはじめていた。

四

「もう眠っているのか……」

小夏が、そっと入ってきて囁いた。

「ええ、少々のことでは目覚めないようです」

「情交してしまったのか……」

小夏が、美和の寝姿を見て言う。襦袢一枚で、傍らに処理をした紙が丸めてあれば誰でも気づくだろう。

「はい……」

「そうか。やむを得んな……」

もちろん小夏は嫉妬した様子も、咎《とが》める色も見せなかった。

「覚めているときに生娘でなくなったが、眠っているときの、もう一人の自分がそれを分かっているかどうか。異変があれば、もう一度情交しなければならぬかも」

「はい。私もそう思います。でも、それで治まるかと」

竜介は答え、次の一回に備えて淫気を高めた。もちろん小夏もいるので心強く、二人分の甘ったるい体臭を感じているから回復も早かった。

「来た……。これか……？」

小夏が言った。

そういえば、急に美和の寝息が止み、室内の空気がぴんと張りつめたのだ。武芸の達者でもある小夏は、そうした変化を敏感に察したようだった。

間もなく、文机《ふづくえ》がカタカタと音を立てて振動し、傍らに積んであった本の山がばさばさと崩れた。

そして振動が収まると、眠っている美和がスッと上半身を起こしたのだ。

小夏は息を呑んで見守っているが、美和は何も見ていないようだ。そのまま彼女は、傍らにいる竜介の唇を奪い、上から激しい勢いでのしかかってきた。

「く……！」

竜介は驚きながらも受け止め、潜り込んでくる美和の舌を吸った。

どうやら無意識の美和も、単にオサネを舐めさせるだけの衝動から変化しはじめているようだった。あるいは、今までは竜介を快楽の道具として扱ってきたが、今は情交の相手として認めはじめている感じである。

竜介は、甘酸っぱい吐息と生温かな唾液に酔いしれ、すっかり元の大きさを取り戻していた。

すると、横にいた小夏にも変化が現われた。

「え？　私もか……」

彼女は短く言い、自分から二人の間に顔を割り込ませてきたのである。

ちょうど、真ん中で仰向けになっている竜介を、美和と小夏が左右から挟むように身体を密着させ、三人で口吸いを開始したようだった。

「こ、小夏様……」

「身体が、勝手に……」

竜介が驚いて言うと、小夏も答えたが、今は美和に操られるまま逆らわず、従容《しょうよう》と行動しているようだ。

竜介の右半分に美和の唇が、左半分には小夏の唇が密着し、鼻を付き合わせた狭い空間に美女たちのかぐわしい息と湿り気が籠もった。小夏も舌を伸ばし、竜介は二人の舌を同時に舐めることが出来、混じり合って注がれる大量の唾液でうっとりと喉を潤した。

ようやく気が済んだように美和は口を離し、獣のように荒い呼吸を繰り返しながら、彼の頰から耳を舐め、首筋を這い降りていった。そして竜介の寝巻きを脱がせて全裸にし、乳首に吸い付いては荒々しく舌を這わせた。

小夏も、少し遅れて彼の反対側の耳から首筋、乳首まで同じように舐め回してきた。

「ああ……」

竜介は二人がかりの愛撫に喘ぎ、クネクネと身悶えた。まるで二人の美女に、身体を縦に半分ずつ食べられているような快感だ。

そして二人はとうとう、彼の股間に熱い息を混じらせ、温かく濡れた舌を這い回らせてきたのだ。小夏も厭《いと》わず一緒になって、まだ美和の破瓜《はか》の血や淫水の残っている亀頭をしゃぶり、交互に喉の奥まで呑み込んできた。さらに二人は頬を寄せ合い、ふぐりも舐め回して、二つの睾丸をそれぞれ舌で転がしたりした。

竜介は何とも妖しい快感に激しく高まり、美女たちの唾液にまみれて身悶えた。

美和は貪《むさぼ》るように彼の一物とふぐり、肛門まで舐め回し、亀頭を吸い続けた。さっき一度射精していなかったら、この強烈な愛撫でひとたまりもなく漏らしてしまっていたことだろう。

小夏も激しく舌をからめ、息を弾ませて肉棒を吸いながら、自分もいつしか帯を解いて着物を脱ぎ去り、一糸まとわぬ姿になっていった。

「舐めて……」

美和が言い、仰向けになって大股開きになっていった。

身を起こした竜介は、彼女の股間に屈み込み、新たな蜜汁にまみれた陰戸に舌を這い回らせた。若草に籠もる匂いは、別人のように濃厚で、その刺激に竜介も激しく高まっていった。

「アア……、気持ちいい……」

美和が身を反らせて喘ぎ、傍らの小夏の手を引っ張った。

「え……？　そ、そんな、女同士で……」

小夏は戸惑いながらも操られ、いつしか厠《かわや》にしゃがみ込む格好で、仰向けの美和の顔に跨っていた。

美和は下から小夏の腰を抱え込み、ワレメに顔を埋め込み、舌を這わせはじめたようだ。

「く……、い、いや……」

小夏は同性に舐められ、身をよじって呻いた。しかし身体の方が言うことをきかず、拒みきることが出来ないのだろう。美和は執拗に舌を這わせる音を立て、小夏の股の下に熱い息を籠もらせていた。

しかし普段と違うのは、竜介がいくらオサネを舐めても美和は気を遣ることをせず、まるでその快感を小夏に与えているかのようだった。

「ああッ……！　も、もう駄目……！」

小夏が降参したように口走り、とうとうびくっと美和の顔から股間を引き離し、ぐったりと突っ伏してしまった。すると美和も竜介の顔を股間から突き放し、身を起こしてきた。

再び竜介を仰向けにさせると、いきなり彼の股間に跨ってきたのだ。

どうやら茶臼（女上位）で交接するつもりらしい。幹に指を添え、先端を陰戸にあてがうと、息を詰めてゆっくりと腰を沈み込ませてきた。

「あうう……」

張りつめた亀頭がぬるっと潜り込むと、美和は微かに眉をひそめて呻きながら、ズブズブと根元まで受け入れていった。そして完全に股間を密着させると、竜介に身を重ねて小夏まで抱き寄せてきた。

すでに、美和の肉体が一物を受け入れるのは二度目である。痛みも初回ほどではないようで、彼女はすぐにも自分から腰を動かしはじめた。

「アア……、熱い……」

美和は呟きながら喘ぎ、次第に動きを速めてきた。そして身を伸び上がらせては彼の口に乳首を押しつけて吸わせ、自分も隣の小夏の乳首に吸い付いたりした。

竜介も下から股間を突き上げ、美和と小夏にしがみつきながら次第に後戻りできないほど快感が高まってきた。

やがて美和も高まったように、熱烈に竜介に唇を重ね、横の小夏の顔も引き寄せた。

竜介は、再び美女たちの唾液と吐息に包まれながら、それぞれの舌の感触を味わい、とうとう昇り詰めていった。

「ク……！」

突き上がる快感に呻きながら、ありったけの熱い精汁を噴出させた。

「あぁッ……！」

同時に美和も、噴出を感じ取った途端に気を遣ったように喘ぎ、がくんがくんと狂おしい痙攣を起こした。

膣内が収縮し、何とも心地よい肉襞の摩擦が一物を刺激し続けた。

竜介は最後の一滴まで出し尽くし、ようやく動きを止めて力を抜いた。そして美和と小夏の甘酸っぱい吐息で胸を満たしながら、うっとりと快感の余韻に浸り込んだ。

美和も徐々に全身の硬直を解いてゆき、彼に体重を預けながらぐったりとなっていった。

深々と潜り込んだままの肉棒が、何度となくキュッキュッと締め付けられていたが、それも次第に止み、満足げに萎えはじめた一物が、精汁と淫水のぬめりにヌルッと抜け落ちてしまった。

その瞬間、張りつめていた室内の空気が和らぎ、いつしか美和は彼の肌の上で軽やかな寝息を立てはじめていた。

「済んだようだな……」

小夏も、身体が自由に動くようになり、小さく吐息混じりに言った。

「ええ……、これで今夜はもう目覚めないでしょう。そして明晩から、何も異変が起きなければ全て解決です……」

竜介は言いながら、上になっている美和をゆっくりと引き離し、小夏も手伝いながら横たわらせた。

美和は深い眠りに入り、一向に目覚める様子もない。竜介は彼女の割れ目を懐紙でそっと拭ってやり、寝巻きと掻巻を整えてやった。もう出血もなく、美和の寝顔は実に無邪気で安らかなものになっていた。

「気持ちが悪い。湯殿へ……」

同性と舌をからめ、陰戸を舐められた小夏が身震いするように言い、やがて竜介も、美和をそのままにそっと二人で部屋を出て行った。

五

「まったく拒むことが出来なかった。お美和は可愛い顔をして、相当に淫らな力を秘めていたのだな……」

湯殿で、小夏が心から疲れたように言った。竜介は、ぬるくなった湯を彼女にかけてやり、自分も股間を洗い流した。

小夏も身体を洗い、口をすすいでようやく落ち着いたようだ。そしていきなり竜介に肌を密着させてきた。

「こ、小夏様……」

「お前と美和は満足したが、私はしていない……」

小夏は囁きながら、あらためて竜介に唇を重ね、熱烈に舌をからみつかせてきた。

竜介も、小夏の唾液と吐息、舌の感触に酔いしれながら徐々に回復してきたが、果たして挿入できるほどの硬度が保てるかどうかは分からない。快楽への欲求はあるが、何しろ昼間八重と一回して、夜は美和と二回しているのだ。

しかし小夏の勢いは止まらず、執拗に舌をからめ、ことさらに大量の唾液を送り込みながら、一物を握ってきた。

竜介も、生温かく小泡の多い粘液で喉を潤しながら、ある程度は勃起したが、それ以上にはならなかった。

「もっと硬く大きくして……、もう無理か……？」

「では、こうしてくださいませ……」

小夏に言われ、竜介は彼女を立たせた。そして風呂桶に寄りかからせながら、自分は簀《す》の子《こ》に座ったまま彼女の股間に顔を埋めた。すでに湯で洗い流され、小夏本来の体臭は消え去ってしまっている。しかし淫水は後から後から湧き出していた。

「どうか、このままゆばりを……」

「出せと言うのか。なぜ、そのような……」

「他の誰にも頂いたことがないものなので、激しく淫気が湧きます」

竜介は、恥ずかしい要求に興奮しながらせがんだ。

小夏も、自分の快楽のため、下腹に力を入れて気を高めはじめてくれた。かつて彼女自身が、出したてのゆばりは毒ではないと言っていたのだ。

「アア……出る、本当に……」

やがて小夏が息を詰めて言い、間もなく蜜汁にまみれた割れ目からチョロッと温かな水流が漏れてきた。

「く……！」

小夏は、慌てて止めようとしたようだが、いったん放たれた流れは止めようもなく、すぐにも勢いをつけてゆるやかな放物線を描きはじめ、彼の喉から胸へかけて温かく濡らしてきた。

「ああ……、なんと温かい……」

竜介はうっとりと言いながら浴び、肌を伝い流れる美女のゆばりに勃起した一物を心地よく浸した。

そして舌を伸ばして流れを受け止め、淡い香りと味を堪能した。もちろんそれは抵抗なく喉を通過し、美女から出たものを取り入れる甘美な悦びに満たされた。

間もなく流れが弱まると、彼は割れ目に直接口を付けて飲んだ。

「あうう……、莫迦《ばか》……」

小夏ががくがくと膝を震わせて言い、そのくせ両手でしっかりと彼の頭を自分の股間に押しつけていた。

やがて流れが収まると、竜介は舌を差し入れて余りの雫《しずく》をすすった。たちまち割れ目内部は新たな淫水が溢れ、淡い酸味と、ぬらぬらする舌触りに満ちてきた。

「も、もういい……、入れて……」

オサネを舐め上げると、小夏は声を上ずらせて言い、竜介の顔を股間から突き放してきた。やはり美和が一緒とは言え、異様な体験に相当興奮が高まっていたのだろう。それに濃厚な情交を目の当たりにし、自分もまだ二度目だが、舐められての絶頂より挿入を望むようになっているようだった。

小夏は意外にも、本手（正常位）や茶臼ではなく、風呂桶に両手を突き、こちらに向かって尻を突き出してきたのだ。武家娘が、全く無防備な体勢を取ることに竜介は激しく興奮した。

それに颯爽《さっそう》とした美女の清らかなゆばりも貰ったことだし、もう硬度には何の問題もなくなり、彼自身も少しでも早く昇り詰めたい気分になっていたのだ。

竜介は立ち上がり、勃起した一物を構え、彼女の尻に股間を迫らせていった。後ろから先端を割れ目にこすりつけ、充分にぬめりを与えてから膣口にあてがい、息を詰めてゆっくりと貫いていった。

たちまち、急角度にそそり立った肉棒は、ぬるぬるっと一気に根元まで吸い込まれていった。

「あう……！」

小夏が、白い背中を反らせて呻き、熱く濡れた柔肉をキュッと締め付けてきた。

心地よい肉襞の摩擦を味わいながら深々と押し込むと、彼の下腹部に小夏の尻の丸みが心地よく密着して弾んだ。これは本手や茶臼では得られない、実に艶かしい尻の感触であった。

竜介は後ろから彼女の尻を抱え、しばし温もりと締まりを味わってから、やがてズンズンと股間をぶつけるように律動しはじめた。

「く……、いい気持ち……、もっと強く、奥まで突いて……」

小夏が引き締まった尻をくねくねさせながらせがみ、自らも腰を前後させて動きを激しくさせてきた。

溢れる蜜汁がくちゅくちゅと鳴り、互いの接点をびしょびしょに濡らした。

肌のぶつかり合う音を立てながら、竜介は彼女の背に覆いかぶさり、両脇から回した手で柔らかな乳房をわし摑みにした。

「アア……、いいわ、もっと乱暴に……」

小夏が膣内を収縮させながら言い、必死に振り返って舌を伸ばしてきた。彼も顔を乗り出し、舌をからめて舐め合った。甘酸っぱい息の匂いに激しく高まり、とうとう竜介はこの日何度目かの絶頂を迎えてしまった。

口を離し、激しく律動しながら大量の精汁を放つと、

「あぁッ……！　出ているのね。もっと出して、アアーッ……！」

小夏も気を遣ったようにガクガクと全身を波打たせ、口走りながら悩ましい収縮を繰り返した。

竜介は最後の一滴まで心おきなく注入し、やがて股間を押しつけ、尻の感触を味わいながら、うっとりと快感の余韻に浸り込んだ。

「ああ……」

すると小夏も力尽き、声を洩らしながらとうとう風呂桶に摑まりクタクタと座り込んでしまった。竜介も一緒になって簀子《すのこ》に座り、後ろから彼女を抱きすくめながら呼吸を整えた。

「すごい……、すればするほど良くなってくる……」

小夏はいつまでも荒い呼吸を繰り返し、再びこちらに顔を向けて、執拗に唇を求めてきた。余韻の中で舌をからめ、時には情熱的に彼の唇に歯を立ててきた。

そして二人は充分に戯れ合ってから、ようやく身を離し、竜介は再び互いの身体を洗い流した。

泊まり込んでいる他の若者たちは、一向にこちらの行為には気づいていないようだ。みな仕事は適当だし、中には交代で吉原《よしわら》に行くものもいるという。ただでさえ一生懸命な小夏を煙たく思っているようだから、その手下同然である竜介とも多少の距離を置いているようだった。

だから竜介が、小夏と美和と三人で同じ部屋に宿直しようとも、気づきもしないし様子を探ろうという者もいないのである。

「今日、妙な男からお美和さんが呼び出しを受けました」

「妙な男とは……？」

竜介の言葉に、小夏も余韻を冷まして答えた。

「前に、お美和さんの異様な力で、爪を全部剝がされてしまったという男です。確か鍛冶町の佐吉と名乗りました。まだ、お美和さんに執着しているようです。でも非常に悪そうな男でした」

「ほほう、それは面白い。呼び出しはいつだ」

「明日の暮れ六つですが、お美和さんに伝えるべきでしょうか」

「ああ、言えば良い。私たちも、物陰から様子を窺おう。危機に陥《おちい》れば救うし、あるいは美和の力が完全に脱けたかどうか、見分ける良い機会だ」

「そうですね」

竜介は納得し、やがて二人は身体を拭いて寝巻きを羽織り、部屋へと戻った。

美和は気持ち良さそうに眠り込んでいる。もちろん、あれから室内に異変は起こっていなかった。

竜介と小夏も、彼女を挟むようにして横たわった。室内には二人分の甘ったるい体臭が籠もっているが、さすがに今日は、もう充分すぎるほどの射精をしているから、間もなく竜介も深い眠りに落ちてしまった……。

——翌朝、三人はほぼ同時、明け七つ（午前四時頃）に目覚めた。

「まあ、小夏様もご一緒だったのですか……」

起きたとき、小夏がいるので美和は目を丸くしていた。やはり彼女は何も覚えておらず、竜介と情交し、そのまま眠っていたと信じ込んでいるのだろう。

「ああ、急な宿直だったのです。ここはもともと私の部屋だし」

小夏は笑顔で言い、内心では美和の様子を観察しているようだが、竜介の目からも、美和には何の変わりも見受けられなかった。

三人は顔を洗い、美和は厨に入って甲斐甲斐しく朝餉の支度をはじめた。

やがて日が昇る頃には他の奉公人も来て、住み込みの若者たちも起き出して活動をはじめた。

竜介と小夏も、夕方までは普段通り、患者の面倒と養生所内の掃除に一日を費やしたのだった。

第四章　美女に看護される悦び

一

「そうですか、佐吉さんが私に会いたいと……」

美和に言うと、彼女は心細げに言って竜介を見た。

「やはり、嫌いなんだね？」

「ええ、しつこくて、どうにも強引な人なので好きになれません」

「そうか……」

「それに、私は何もしていないのに、触ろうとしたら指の爪が全部剝がれて、それも逆恨《さかうら》みしているようです」

美和が俯《うつむ》いて答えた。まあ、美和の無意識がしたことなのだから、逆恨みと言って良いかどうか分からず、竜介としては複雑な心境だった。

話では、佐吉は鍛冶町の呉服問屋の次男坊。親の金をくすねては良からぬ連中とつるんで遊び回り、親も兄も手を焼いている遊び人の不良らしい。

「でも、行った方がいいな。嫌なら嫌とはっきり言ってやるべきだし、それに私や小夏様もついているから」

「本当でございますか。それなら心強いです」

言うと、ようやく美和も安心したように笑みを浮かべて答えた。

やがて夕方まで養生所で仕事をし、竜介と美和は日暮れに伝通院の境内に行った。境内は広く、裏手の方は人ッ子一人いなかった。

美和が、一人では心細いので、どうしても竜介も同道してくれと言ったのだ。だから竜介だけ、佐吉の前に最初から姿を見せ、小夏は遠くから様子を見ることとなった。

日が没し、やがて暮れ六つの鐘の音が響き渡った。境内には藍色の夕闇が立ち籠め、間もなく佐吉が姿を現わした。

「なんだい、昨日の小僧も一緒じゃないか。お呼びじゃないね。あたしは、お美和と二人きりで話がしたいんだよ」

佐吉が、薄っぺらな笑みを含んで言う。今日も洒落《しゃれ》た着物で、裾の裏地にも刺繍《ししゅう》が施《ほどこ》されたものを着ていた。

「でも、あなただって一人じゃないじゃないですか」

竜介は、美和を背後に庇《かば》いながら言った。確かに、佐吉の後ろには三人ばかりの破落戸《ごろつき》が姿を見せていた。前に、下高井戸で見た連中を彷彿《ほうふつ》とさせるような、流れ者の遊び人であろう。みな袂《たもと》に腕を突っ込んでいるので、懐中には匕首《あいくち》を呑んでいるようだ。

小夏が見守ってくれているとはいえ、竜介は先日の下高井戸を思い出して、恐怖に全身が震えてしまった。

「ふん、まあいいさ。二人きりの話を邪魔したら、後ろの連中が黙っちゃいないからね。とにかくお美和」

佐吉は、竜介から美和に視線を移して言った。

「あたしは、前からお前に首ったけなんだ。まして、不思議な力を持っていると知ったらなおさらだ。爪がこんなになろうとも、腕がひん曲がろうとも、とにかくお前を抱かないことには気持ちが治まらないのさ」

佐吉は言いながら、じりじりと美和に迫っていった。

「こ、困ります……。もう、私に近づかないでください……」

美和が、竜介の背に隠れながら、必死の思いで言った。

「ふうん、それで、そんな小僧ッ子を選ぶのかい？」

佐吉は迂回し、何とか美和の腕を摑《つか》もうとする。だが、触れようとしても佐吉に異変は起こらなかった。

美和を必死で庇《かば》う竜介だが、恐ろしさに体がすっかり固まってしまっていた。

「邪魔だね、お前。そろそろ消えてくれないかい」

佐吉が、凶悪に顔を歪《ゆが》めて竜介に言い寄り、さらに仲間を振り返った。

「さあ、みんな。この小僧を痛めつけておくれ。二度とお美和に近づかないように」

彼が言うと、三人の破落戸が、とうとう匕首を抜き放ってこちらに迫ってきた。

「きゃっ……！」

光り物を見て美和が怯《おび》え、竜介の袖を摑んだまましゃがみ込んでしまった。

と、そこへ小夏が飛び込んできた。しかも、冴まで一緒ではないか。

どうやら事前に、小夏は冴も呼んでいたようだ。冴は相変わらず二本差し、小夏は木刀を手にしていた。

「な、なんでえ、この女ども……！」

破落戸が、新たな敵を見て声を上げた。

「さあ、私たちが相手だ。存分に参れ！」

冴が戦いを楽しむように生き生きと言い、抜き打ちざま手近な一人の胴に強《したた》かな峰打ちをくれていた。

「ぐわッ……！」

　肋骨を粉砕され、男が奇声を発してもんどり打ち、二度と立ち上がることは出来なくなった。

「や、やるのか！　知らねえぞ、どうなっても……」

「たわけ！　それはお前らの方だ！」

小夏も颯爽《さっそう》と木刀を構えて叱咤《しった》し、目にも留まらぬ速さで一人の手首を打ち砕き、肩の骨を叩き折っていた。さらに残る一人も、冴の素早い峰打ちに悶絶していた。

「な、何だってのさ……！」

仲間の三人があっという間に倒されてしまい、佐吉は青ざめて叫んだ。そして苦し紛れに、自分も懐に入れていた匕首を抜き放ち、せめて美和の肌に疵《きず》をつけようと切っ先を突き出してきた。可愛さ余って憎さ百倍、その形相《ぎょうそう》は、三人の破落戸よりも迫力があった。

「危ない……！」

美和を庇い、竜介が前に出た。すると、つんのめるように匕首を突き出した佐吉が倒れ込んできた。

「く……！」

竜介は、左の太腿に痛みを感じて呻《うめ》き、美和を背後に庇ったまま尻餅を突いた。どうやら佐吉の匕首で斬られたらしい。

「何をする！」

美和が、別人のように声を上げ、青白い眼光で佐吉を睨《にら》んだ。竜介を傷つけられ、消え去ったと思った力が甦《よみがえ》ってしまったのだ。

その瞬間である。

「うわあッ……！」

佐吉は、まるで大男に両手でどーんと突かれたように、境内の端まで鞠《まり》のように弾《はじ》き飛ばされていた。美和が、手も触れずに佐吉を宙に舞わせたのだ。

それには、小夏も冴も呆然と見守るばかりだった。

五間（約九メートル）ばかりも飛ばされた佐吉は、そのまま動かなくなっていた。

冴が駆け寄ってみると、佐吉は自分の持った匕首を、深々と喉に突き立てて絶命していたのである。

「なんと、すさまじい……」

小夏も、美和の秘められた力にあらためて舌を巻いていた。

その美和は、力尽きたようにガックリと気を失ってしまった。

「い、いたたたた……！」

思い出したように左の太腿が痛み、竜介は声を洩らした。小夏が駆け寄り、急いで手拭いで脚の付け根を縛り、背負ってくれた。

「も、申し訳ありません。とんだ足手まといに……」

「良い。喋るな。養生所で手当をする」

小夏は言い、軽々と竜介を運びはじめた。冴も、気を失った美和を背負い、一緒に小走りについてきた。

伝通院から養生所は目と鼻の先なので、すぐに竜介は寝かされ、着物を脱がされて傷を調べられた。冴は美和を横たえると、すぐに取って返し、番屋へと走ったようだった。

「大丈夫。縫うほどではない」

小夏は言い、他の若者に焼酎と包帯を持ってこさせた。

左太腿に匕首の切っ先がかすっただけで、傷は一寸（三センチ）ばかり、深さもさしてないようだった。哀れにも佐吉は、この程度のかすり傷と引き替えに、美和の力で命を失ってしまったのだ。

そして小夏は口に含んだ焼酎を傷口に吹きかけ、きつく晒《さら》しを巻きはじめた。

「う……！」

傷が沁《し》みた竜介は、奥歯を嚙みしめて呻《うめ》きながら必死に耐えた。

「これでよい。あとは何日か動かずにいれば傷も塞《ふさ》がろう。とにかく良くやった。我が身を楯《たて》にお美和を守ったのだからな、偉いぞ」

小夏が誉めてくれたが、竜介も今は淫気も湧かないほど痛みに全神経を奪われていた。

美和は気を失っていても、もう室内の物は揺れなかったし、空気が張りつめるようなこともなかった。

「何があったのですか……」

他の若者たちも驚き、小夏がざっと事情を説明した。

冴の方も、番屋で色々事情を話していることだろう。もしまた同じ番屋だったら、つい先日と同じ竜介と美和が関わっているので、さすがに不審に思われるかもしれない。それに美和に関し、また妙な噂が立ってしまうことも避けたかった。

もっとも死んだのは佐吉だけ。自分の匕首だから自業自得と言うところだろう。案外、家の者はこれでほっとしてくれるかもしれない。大怪我をした破落戸たち三人は、元々どうでも良い連中だから、当方がひどい咎《とが》めを受けるようなこともないだろう。

やがて竜介は小夏に粥《かゆ》を食べさせてもらい、あとはひたすら痛みに耐えて眠った。

あとで聞くと、気の付いた美和は、小夏が山吹町まで送っていったようだった。本当は、竜介のそばで看護していたかったようだが、また気が高ぶるといけないし、養生所は人手があるからと小夏が無理に帰したのである。

もちろん小夏も、美和を送ってそのまま帰宅したようで、竜介は一人で寝て、当然ながら手すさびもしなかったのだった。

翌朝、小夏が来て晒しを替えてくれた。傷口はだいぶ塞がり、出血も大したことはなかったようだ。

しかし、そこへ越中屋の正吉と八重が来て、半ば強引に竜介を山吹町の一軒家へと移動させてしまったのだ。一度ならず二度までも美和を救ってくれたということで、正吉と八重の喜びは大変なものだった。

それに数日間は身動きもできず、養生所の仕事は休まざるを得ないし、養生所内は患者の病菌もあるからと、快癒するまで山吹町で身柄を預かってもらうことにしたのだった。

二

「別に、咎めもなく済んだので安堵するが良い」

冴が、見舞いに来てくれて言った。

あれから冴が役人に届けると、怪我をした三人の破落戸と、佐吉の死骸は番屋に運び込まれた。結局、冴は自分が四人にからまれたとだけ言い、竜介や美和、小夏が一緒ということは言わなかったようだ。

あとで聞くと、池野冴はこの界隈《かいわい》では割りに有名人であり、人望も厚いため役人は難なく彼女の言葉を信じてしまったようである。破落戸が余計なことを言うかと思ったが、もとより悪事の数々で人相書きが出回っていたほどの連中だから、何の言い訳も出来ないまま三人は伝馬町《てんまちょう》送りになってしまった。

そして当然ながら、家の評判を落としに落とした佐吉の死を悼《いた》むものもおらず、葬儀も行なわれないまま忘れ去られていくようだった。

「そうですか。大変にお手数をかけました」

竜介は、横になったまま答えた。今は、八重も美和も買物に出ている。

「それにしても、あの娘、大変な力を持っていたのだな。あれでは、いかに剣術の修行を積もうとも、怒ったお美和には決して敵《かな》わない」

冴が、まだ驚きを隠せないように言った。

「はあ、でも、あれが最後のような気がします。あとは、普通の娘に戻るでしょう」

「そうか。あんな力があったら欲しいものだが……」

冴は、修行だけでは得られない境地に憧れを抱いているのだろう。

「まあ、あとはゆっくり傷を治すことだ。何か欲しいものはないか。もっとも、大店が付いていれば不自由もなかろうが」

「はい、特に……。それより、医師の修行が遅れて心苦しいです」

「焦《あせ》ることはない。身をもって痛みを知り、看護の様子を体験するのも良かろう」

冴は言い、搔巻をめくって晒しを交換してくれた。まだ一人で立てないので、厠《かわや》は八重に付き添ってもらっている。用が足しやすいよう寝巻き一枚きりで、下帯は着けていなかった。

さすがに外傷に関しては、武家は医師に匹敵するほど手際が良かった。

最初は揉んですり潰した薬草を塗っていたが、今は傷口も塞がったので消毒と晒しだけである。

「ああ、だいぶ良くなっているようだ」

冴は言い、新たな晒しを巻く前に、彼の傷口にそっと唾液を垂らしてくれた。生温かな粘液が傷口から染み込むと、何やら股間がモヤモヤと妙な気になってきてしまった。痛みが和らぎ、手すさびもしていないから、すぐにも反応してしまうのである。

それに冴は何しろ美しく、しかも小夏以上に凜とした二本差しの武士である。

本来なら、気安く口もきけない相手なのに、形良い口から白っぽい唾液が垂らされるのを見ると、どうにも我慢の仕様もなく勃起してきてしまった。

しかも下帯をしていないから、その反応はすぐにも冴に気づかれてしまった。

「なぜ……、私が悪かったか……？」

「い、いいえ……、申し訳ありません……」

「舐めたわけではなく、垂らすだけで立つとは感じやすいのだな。それも回復の兆し」

冴は怒りもせずに言い、それならと、とうとう傷口に屈み込み、ぬらぬらと舌を這わせてきてくれた。

「アア……」

滑らかな舌の感触と、内腿をくすぐる熱い息の刺激に竜介は喘《あえ》いだ。そして勃起した一物も、完全にピンピンに張りつめて屹立してしまった。

「なんと逞《たくま》しい。あるいは、もう小夏はお前の虜《とりこ》か……？」

冴は囁《ささや》きながら、傷口から舌を移動させ、股間の中心に来てしまった。緊張に縮こまったふぐりをペロペロと舐め、二つの睾丸を舌で転がしてから、肉棒の裏側を舌先でツツーッとたどりながら、鈴口から滲む粘液を舐め取ってくれた。

「く……、冴様……、どうか……」

「傷口が痛むか？」

「いいえ……」

「ならばじっとしていろ。私が好きでしていることだ」

牙は熱い息で囁きながら、しきりに鈴口を舐め、さらに張りつめた亀頭全体にもぬらぬらと舌を這い回らせてきた。そしてとうとうスッポリと喉の奥まで呑み込まれると、

「あぁッ……！」

竜介も本格的に喘ぎはじめてしまった。

確かに太腿の傷も疼《うず》くが、それ以上に溜まりに溜まった精汁が、出口を求めて騒《ざわ》めきはじめているのである。

昨今の江戸の武家娘というのは、これほど多情で、自身の欲望に忠実なのだろうか。それとも、たまたま竜介の出会った二人の武家娘たちが、このような性質だったのだろうか。

牙は熱い息で彼の恥毛をくすぐりながら、すぽすぽと何とも心地よい摩擦を行なってくれた。しかも内部ではクチュクチュと滑らかな舌が蠢き、たちまち一物全体は美女の清らかな唾液にどっぷりと浸ってしまった。

「も、もう……」

いよいよ限界が近づいてくると、竜介は降参するように声を洩らし、クネクネと腰をよ

じった。

「口に出しても良いが、望みがあれば聞いてやるぞ。お前は怪我人だ。我儘《わがまま》を言え」

牙が、すぽんと口を離して言ってくれた。何と優しく、女神のような女であろうか。

「い、言っても構いませんか……」

「ああ、何でも言え」

「おみ足を、舐めてみたいです……」

竜介は、自分の恥ずかしい言葉で危うく果てそうになるのを堪えながら言ってみた。

「承知」

戸惑うかと思ったら、牙はすぐにも足袋《たび》を脱ぎ去り、そっと足裏で彼の鼻と口を塞いでくれた。生温かく、ほんのり湿った足裏が密着し、指の股の悩ましい匂いが馥郁《ふくいく》と鼻腔を刺激してきた。あるいは、こうした性癖の男を過去に知っているのだろうか。

何という興奮だろう。竜介は美しい女武者の足の味と匂いを堪能し、指の股に舌を這い回らせた。

「こちらもか……」

牙は頬を上気させ、足を交代してくれた。そちらも新鮮な匂いが籠もり、竜介は味と匂いが消え去るまで貪《むさぼ》ってしまった。

「あ、あの、出来ましたら、陰戸も……」

「良いだろう……」

言うと、冴は脇差《わきざし》を抜いて立ち上がり、野袴を脱ぎ去ってしまった。そしてためらいなく仰向けの竜介の顔に跨《またが》り、裾をめくってしゃがみ込んできてくれたのだ。

遙《はる》か真上から、冴の陰戸が一気に鼻先にまで迫ってきた。さすがに脚も下腹も引き締まり、肌はすべすべと滑らかそうだった。

黒々とした茂みは上品に淡く、丸みを帯びた割れ目からは桃色の花弁がはみ出し、僅《わず》かに開いて奥の柔肉を覗かせていた。中はぬめぬめと潤い、光沢あるオサネもツンと突き出ているのが見えた。

じっくり観察する暇もなく、すぐに冴の中心部が彼の鼻と口を覆《おお》ってきた。

柔らかな茂みの隅々には、小夏に似た悩ましい体臭が生ぬるく籠もっていた。竜介は鼻をこすりつけ、刺激的な匂いで鼻腔を満たしながら舌を這い回らせた。

張りのある陰唇の内側は、ぬらぬらとする大量の蜜汁が溢れ、舌の動きを滑らかにさせた。膣口周辺の細かな襞をくちゅくちゅと掻き回し、淡い酸味の蜜汁をすすりながら、ゆっくりとオサネまで舐め上げた。

「あぁッ……！」

牙が喘ぎ、ぺたりと遠慮なく彼の顔に座り込んできた。

やはり武家も町人も、女は皆この突起が最も感じるようだった。竜介は執拗《しつよう》にオサネを舐め、とろとろと滴《したた》る生温かな蜜汁で喉を潤した。

そして尻の真下に潜り込んでいくと、冴も彼の意図を察したように自分から腰を移動させ、谷間を密着させてきてくれた。他の誰よりもためらいがないから、案外冴は一番多くの体験をしてきたのかもしれない。

竜介は顔中に密着する、ひんやりとして柔らかな尻の双丘を感じながら、谷間に鼻を押しつけた。可憐な蕾《つぼみ》には、秘めやかで生々しい微香が馥郁と籠もり、舌を這わせると細かな襞が恥ずかしげに震えた。

舌を差し入れると、冴は懸命に力を抜いて受け入れ、もぐもぐと蕾を動かしてくれた。

竜介は滑らかな粘膜を舐め、鼻に密着する割れ目の匂いに噎《む》せ返った。

やがて充分に肛門を舐め尽くすと、冴は自分から再び股間を移動させ、オサネを彼の口に押し当ててきた。竜介は新たに溢れた蜜汁を飲みながら、必死にオサネを舐め、小刻みに吸い付いた。

「アア……、もう堪らない……」

冴は身悶えながら言い、腰を浮かせて彼の一物に移動してきた。

そしてためらいなく跨ぎ、幹に指を添えて先端を陰戸に押し当て、ゆっくりと腰を沈み込ませた。

「あうう……、いいわ、奥まで届く……」

ぬるぬるっと一気に根元まで受け入れ、冴は喘ぎながら完全に座り込み、股間同士をぴったりと密着させた。

竜介も熱く濡れた柔肉の摩擦と、きつい締め付けに息を詰め、傷の痛みも忘れて暴発を堪えるのだった。

三

「吸って……」

冴が、身を起こしたまま胸元をはだけさせ、形良い乳房をはみ出させながら言った。

そして肌を重ねてくると、竜介は潜り込むようにして薄桃色の乳首に吸い付いた。

「アア……、いい気持ち……」

冴は、まだ腰を動かさず、潜り込んだままの一物をキュッキュッと味わうように締め付けるばかりだった。

竜介も股間を密着させたまま、必死に乳首を吸い、胸元に籠もる甘ったるい汗の匂いに燃え上がった。もう片方の乳首も吸い、舌で転がし、顔中に押しつけられる柔らかな膨らみを味わった。

冴も徐々に燃え上がってきたように、ようやくグリグリと股間を動かしはじめてきた。溢れる蜜汁が彼のふぐりから内腿までぬめらせ、くちゅくちゅと音を立てた。

「ふふ……、こんなところをお美和に見られたら、私も不思議な力で弾き飛ばされてしまうのだろうな……」

冴は囁き、次第に腰の動きをゆるやかに繰り返しはじめた。そして乳首を離し、今度は上からぴったりと竜介に唇を重ねてきた。

柔らかな唇が密着し、化粧気はないがきめ細かな顔が間近に迫った。ほんのりとした唾液の匂いに混じり、冴の熱い吐息が湿り気を含んで、甘く悩ましく彼の鼻腔を満たしてきた。

ぬるっと舌が潜り込むと、竜介も受け入れてからみつかせた。滑らかに動く舌は長く、温かくとろりとした唾液が注ぎ込まれてきた。竜介はうっとりと喉を潤し、美女の粘液に酔いしれた。

そして腰の動きが激しくなってくると、竜介も下から股間を突き上げ、大きな摩擦の中で高まっていった。

「ああ……、いきそう……、何て可愛い……」

冴は、淫らに唾液の糸を引きながら喘ぎ、さらに彼の鼻の穴や頬にもぬらぬらと舌を這わせてきた。竜介は、かぐわしい吐息と唾液のヌメリに包まれ、とうとう昇り詰めてしまった。

「く……！」

突き上がる大きな快感に呻き、顔中に美女の舌を感じながら竜介はありったけの熱い精汁をほとばしらせた。しばらく出していなかったから、その量は実に多く、快感も絶大だった。

「ああッ……！　いく……、気持ちいいッ……！」

冴も噴出を感じ取りながら口走り、がくがくと狂おしい痙攣《けいれん》を開始した。

同時に膣内の収縮も最高潮になり、精汁を飲み込むような蠢動《しゅんどう》を繰り返した。

竜介は、あまりに多い精汁が鈴口に詰まるような感覚に悶え、やがて最後の一滴まで心おきなく放出し尽くした。

「ああ……、冴様……」

竜介は出し切って力を抜き、感激に口走りながら力を抜いていった。

牙も徐々に動きをゆるめ、肌の強ばりを解きながら彼に体重を預けてきた。

「久しぶりの若い男……、良かった、とても……」

牙はうっとりと囁きながら、なおも彼の顔中に舌を這わせていた。その艶《なまめ》かしい刺激に陰戸の内部でひくひくと一物が上下に脈打つ、応えるように牙がキュッときつく締め付けてきた。

「小夏も、このように気を遣るようになったのか……」

牙が、とろんとした眼差しで近々と彼の目を覗き込んで囁《ささや》く。

「い、いえ……」

「良い、無理に言わなくても。だがたまには私ともしてくれ」

「は、はい、いつでも、喜んで……」

竜介は答えながら、牙の温もりと匂いに包まれて快感の余韻に浸り込んだ。

やがて呼吸を整えると、牙はゆっくりと身を起こして股間を引き離した。そして彼女は懐紙で陰戸を拭い、一物も丁寧に拭ってくれた。れっきとした武家娘に処理してもらうのは、何やら申し訳ないような快感があった。

そして牙は彼の晒しと寝巻きを整えてくれ、自分も身繕いして立ち上がった。

「ではまた来る。傷の方も、あと二日三日というところだろう」

「はい。有難うございました。寝たまま失礼いたします」

言うと、冴はすぐに出ていった。

竜介は心地よい疲労の中、少し眠った。何やら、出会う女と全て情交できるような気がし、村へ帰ってからも多くの娘や新造と関わりを持つ夢を見た。

日が傾く頃、八重と美和が帰宅してきた。八重が厨《くりや》で夕餉の支度をはじめ、美和は彼の晒しと寝巻きを替えてくれた。

もちろん母娘とも、介護に専念しているし、彼の傷を気にしているから淫らなことを仕掛けてくるようなことはなかった。それに今までは、竜介自身が痛みにそれどころではなかったのだ。

しかし今日、冴と情交してしまい、もう傷を気にせず勃起し、射精できることも知ってしまったから、今後はすぐにもその気になってしまいそうだった。

「今日は杖を買ってきました」

寝巻きを脱がせながら、美和が言った。

「それは助かります。それで一人で厠へも行けるでしょう」

竜介は答え、美和に顔や身体を拭いてもらった。美和は実に甲斐甲斐しく、献身的に看護してくれた。

そして彼女は、あの日の境内で、自分が佐吉を弾き飛ばして殺《あや》めたことは知らないようだった。美和の記憶では、彼女は竜介が刺されたと思った瞬間気を失っていたのである。ここへ役人が事情を訊きに来ることもないし、全ては冴と小夏が処理したと思い込んでいるのだろう。

それなら、それで良かった。無意識の力もすっかり消え失せたようだし、よほど間近で竜介の危機などに接しさえしなければ、もう表に出てくることもないだろう。

全ては、好奇心の芽生えた生娘の、実に短い期間の幻のようなものだった。

お湯に浸けて絞った手拭いで顔を拭かれると、図らずも冴の唾液や淫水の匂いは消え去ってしまった。そして身体中に染みついた冴の感触も、一物に付着した淫水や精汁の名残も悉《ことごと》く拭い取られた。

もちろん美和は知るよしもなく、ただ丁寧に拭き清めてくれた。

「まあ、大きく……」

美和が小さく言った。股を拭かれると、その刺激にむくむくと一物が鎌首をもたげはじめてしまった。冴と一回したが、一眠りしたためすっかり淫気は回復し、また可憐な美和を見上げているだけで堪らなくなっていたのだ。

今までは傷が痛み、変化することはなかったから美和も驚いたようだ。

「何て、愛《いと》おしい……」

美和は手拭いを置き、しなやかな指でじかに一物を包み込んできた。

両手で挟み、うっすらと汗ばんだ柔らかな手のひらで、やわやわと揉んでくれる。

「ああ……、お美和さん……」

竜介は慕情が募り、思わず下から手を伸ばし、美和の唇を求めてしまった。

彼女も素直に屈み込み、ぷっくりした唇を密着させてくれた。甘酸っぱい果実臭の息が可愛らしく弾み、鼻腔を悩ましく刺激してきた。舌を差し入れ、小粒の歯並びを舐めると、美和もすぐに前歯を開いて舌を触れ合わせてくれた。

柔らかく濡れた舌を舐め回し、少しずつ注がれてくる唾液で喉を潤すと、いつしか竜介自身は最大限に膨張してしまった。

口吸いをしている間も、美和はニギニギと幹を刺激してくれ、竜介は強く彼女の舌に吸い付いた。

「あん……、痛い……」

美和が驚いて言い、口と指を離した。

「ごめんよ。つい……」

竜介は言い、なおも美和に愛撫してもらおうと手を伸ばした。

「まだ駄目です。今夜は、おっかさんが湯島へ帰ってしまうから、夕餉のあとに……」

美和が頬を染めて言い、何とか彼の晒しと寝巻きを整えて搔巻を掛けた。

すると、ちょうど八重が厨から美和を呼び、彼女も部屋を出て行ってしまった。

間もなく折敷に載せられた夕餉が運ばれ、今度は八重が介添えしてくれた。美和は厨で、自分の食事をしているのだろう。

竜介は半身を起こし、自分で食事をした。本当なら美しい八重の口に含んでもらい、充分に嚙み砕いたものを口移しにしてもらいたかったが、別室に美和がいるので甘えることも出来ない。

まあ、そうしたことを思うのも、すっかり快方に向かっている証拠なのだろう。

「私はこれで湯島へ帰らなければなりません。明日また来ますので、今夜は美和に介抱させます。何でも言いつけてくださいましね」

「はい。何から何まで、お世話になりっぱなしで申し訳ありません」

竜介は夕餉を終え、茶を飲みながら言った。

やがて八重は後片付けをして、日暮れに出て行ってしまった。

竜介は杖を突いて一人で厠へ行き、また寝る準備をした。

美和は戸締まりをして、竜介の部屋の行燈に灯を入れ、自分も寝巻き姿になって隣に布団を敷いた。

二人きりの一夜を前に、羞じらいの中にも喜びが隠せないようだった。美和が嬉しそうにしていると、竜介も心が和み、もちろん淫気も充分すぎるほど高まってきた。

「これで、朝まで誰も来ません……」

美和が言う。養生所では、やはり同じ屋根の下に多くの人がいたので、いま初めて二人きりの夜を迎える心境なのだろう。

竜介は、美和の手を握って自分の布団に抱き寄せた。

四

「あん、くすぐったい……」

胸元に手を差し入れ、ぽっちりした乳首を探ると、美和がびくりと身じろぎながらか細く言った。

竜介は乳首をいじりながら胸元を開かせ、再び美和に唇を重ねていった。かぐわしい吐息で鼻腔を満たし、実に唾液の多い口の中を舐め回して舌をからめた。

「ンン……」

美和が小さく鼻を鳴らし、竜介の舌に吸い付いてきた。やはり家の中に誰もいないとなると、羞じらいながらも燃え上がり方が違うのだろう。

やがて帯を解き、竜介は彼女の寝巻きを脱がせ、互いに一糸まとわぬ姿になってしまった。

「ねえ、お美和さん。私はまだ起き上がれないので、あなたの方から私の口にお乳を当ててくださいな」

竜介は唇を離し、激しく胸を高鳴らせながら言った。本当は、起きてだいぶ自由に動けるのだが、やはり冴にしてもらったように、自分は仰向けのまま、美女の方から色々として欲しかったのだ。

美和は羞じらいながらも、言われたとおり彼に腕枕をし、そっと乳房を彼の顔に押しつけてきてくれた。竜介は、甘ったるい汗の匂いを感じながら、薄桃色に色づいている乳首にちゅっと吸い付いた。

「あッ……！」

美和が声を洩らし、反射的に思わずぎゅっと彼の顔を胸に抱きすくめてきた。竜介は顔中が柔らかな膨らみに埋まり込み、心地よい窒息感に噎《む》せ返りながら、こりこりと硬くなった乳首を舌で転がした。

美和はその刺激に、少しもじっとしていられないようにクネクネと身悶え、さらに濃くなった体臭を艶《なまめ》かしく漂わせた。

竜介はもう片方も充分に舐め、さらに可愛らしい腋毛の煙る腋の下にも顔を埋め込み、甘ったるく汗ばんだ匂いを心ゆくまで嗅《か》いだ。

「ああ……、駄目です、くすぐったくて……」

美和は身をよじりながら言い、さらに強く彼の顔を抱きすくめてきた。

竜介は仰向けに戻り、美和の身体を引き寄せた。やはり、冴にしてもらったと同じことをこの可憐な美少女にされたいのだ。

「足を、顔に載せて……」

「そ、そんなこと……」

「どうか、お願い」

竜介はせがみ、強引に彼女の足首を摑んで顔へと引っ張り上げてしまった。

「あん……、いけません、こんなこと……」

美和は、ぺたりと座り込んだまま両手を後ろに突いて身体を支え、とうとう足裏を彼の顔に載せられてもがいた。竜介は、ひんやりする足裏に鼻と口を当て、指の股に籠もった湿り気ある匂いを嗅ぎ、うっとりと舌を這わせはじめた。

「アアッ……、堪忍……」

美和が声を震わせ、しゃぶられながら彼の口の中で爪先を縮こめた。竜介は順々に指の股に舌を割り込ませ、もう片方の足も引き寄せて隅々まで味と匂いを楽しんだ。

そして足首を摑んでさらに抱き寄せ、とうとう顔を跨がせてしまった。

「ああン……、恥ずかしい……」

美和は朦朧《もうろう》となりながらも、懸命に座り込まないよう、両膝を突いて上体を支えた。

竜介は下から腰を抱え、可愛らしい割れ目に舌を這わせ、柔らかな若草に鼻をこすりつけた。

やはり牙とは違う、初々しい甘ったるい体臭が鼻腔を刺激し、竜介は膣口からオサネまでをまんべんなく味わった。蜜汁はトロトロと溢れ、淡い酸味を伝えながら、悩ましい匂いを濃くさせていった。

竜介はオサネを吸い、もちろん尻の下へ潜り込んで愛らしい肛門にも鼻を押しつけ、微香を味わいながら舌を這わせた。

「く……！」

美和は拒《こば》むようにツボミを引き締めて呻いたが、竜介は充分に唾液に濡らし、舌先を潜り込ませていった。そしてぬるっとした粘膜を充分に味わってから、再びオサネまで舐め

上げていくと、

「ああーッ……！」

美和は声を洩らし、とうとう突っ伏して、彼の顔の上で四つん這いになってしまった。

竜介は心ゆくまで美和の匂いを嗅ぎ、溢れる蜜汁をすすってオサネを舐め続けた。

美和は、すでに声もなく、ただひくひくと全身を痙攣させて気を遣っているようだった。

そして、それ以上の刺激を拒むように、とうとう股間を引き離し、彼の横で身を縮めながら荒い呼吸を繰り返した。

竜介は激しく勃起した一物を突き出しながら、彼女の顔を自分の股間へと押しやっていった。

「ク……、ンン……」

鼻先に先端を突きつけられると、美和は放心しながらも小さく呻き、亀頭にぬらぬらと舌を這い回らせてきた。熱い息が股間に籠もり、竜介は完全に受け身体勢になって快感を味わった。

徐々に息を吹き返すと、美和は次第に激しく舌をからみつかせ、すっぽりと喉の奥まで呑み込んできた。温かく濡れた口の中で、舌が滑らかに蠢いた。その快感に竜介は激しく高まり、美少女の口の中でひくひくと幹を上下させた。

やがて限界が近づくと、竜介は彼女の口を離させて、手を握って引っ張り上げ、茶臼(女上位)での交接を望んだ。美和も先端を膣口に受け入れ、息を詰めてゆっくりと座り込んできた。

「あうう……」

ヌルヌルッと一物が潜り込んでゆくと、美和は僅《わず》かに眉をひそめて呻きながら、やがて完全に股間を密着させてきた。

竜介は、肉襞の摩擦ときつい締め付け、熱いほどの温もりに包まれながら暴発を堪え、少しでも長くこの快感を得ていようと思った。内部で幹を脈打たせると、

「アア……」

美和が感じながら喘ぎ、肌を重ねてきた。

竜介は下からしがみつきながら、ずんずんと股間を突き上げ、美和の甘酸っぱい吐息を嗅ぎながら舌をからめ、じわじわと高まっていった。

「ああ……、何だか、熱い……」

美和が喘ぎながら、彼の動きに合わせて自分も腰を使いはじめた。どうやら痛みばかりではない何かが芽生えはじめているようだ。何しろ、覚醒時と無意識と、二人分の快感が

一致しているようなものなのだ。

たちまち竜介は、宙に舞うような大きな快感に全身を包み込まれた。同時に激しく股間をぶつけるように突き上げ、ありったけの熱い精汁をほとばしらせた。

「あう……、感じる……!」

噴出を受け止めた途端、美和も気を遣ったかのように全身を痙攣させ、口走りながら膣内を収縮させはじめた。

竜介は美少女の匂いと温もりに包まれながら、最後の一滴まで心おきなく射精し尽くした。やがて徐々に動きをゆるめていくと、美和も次第に強ばりを解いてグッタリと彼に体重を預けてきた。

竜介は重みを受け止め、喘ぐ口に鼻を押し当て、可愛らしい匂いで鼻腔を満たしながらうっとりと余韻に浸り、いつまでも内部でひくひくと幹を震わせていた。

「良かったよ。とっても……」

「何だか、私も……」

囁くと、美和も荒い呼吸とともに答えた。

やがて美和は彼の傷を気にして、すぐに股間を引き離してきた。そして互いの股間を処理すると行燈の灯を消し、全裸のまま再び添い寝して掻巻を掛けた。

竜介は、珍しく甘えるのではなく、自分が彼女に腕枕をしてやった。可憐な美和の頭の重みを感じるのが嬉しかったのだ。美和も最初は遠慮がちにしていたが、次第に重みをかけ、いつしか軽やかな寝息を立てはじめた。

竜介も、心地よい温もりの中で目を閉じた。

結局、もう眠っている最中の美和に異変は起こらず、何事もなかった。おそらく二人の自分の両方が生娘でなくなり、不思議な力も完全に消え失せたようだった。佐吉を弾き飛ばしたのが、あるいは最後の力だったのだろう。

やがて竜介もぐっすり眠り、翌朝を迎えた。

美和の姿はすでになく、彼女は厨で朝餉の仕度をしていた。

竜介は杖を突いて厠へ行き、美和に声をかけてから井戸端で顔を洗った。もうだいぶ自由に動けるようになっているので、明日には養生所へ戻りたかった。

二人が朝餉を済ませる頃に日が昇り、間もなく八重がやってきた。

そして入れ代わりに、美和は湯島の店へと戻っていった。そろそろ店の手伝いもするようになり、徐々に普通の生活を取り戻そうとしているのだろう。

竜介はまた横になり、少し医書など読んでいたが、いつしか昼まで眠ってしまった。

五

「もう、すっかり良いようですね」

昼餉のあと、八重が晒しを替えてくれながら言った。

「ええ、大変お世話になりましたが、明日の朝には養生所へ戻りたいのです」

竜介は、色っぽい八重を前に、股間をムズムズさせながら答えた。早く養生所へ帰りたいという気持ちと、ここにいる間に少しでも多く情交したいという気持ちに、妖しく胸が騒いだ。

「そう、本当はいつまでもお世話をしていたいのですけれど、本来のお役目もあるでしょうからね、仕方ございません」

八重も納得してくれ、晒しを巻き終えると、そっと一物に触れてきた。彼女もまた、二人きりでいられる間にしておこうという気持ちなのだろう。

しなやかな指の動きに、次第に一物は容積を増してきた。八重も、ずっと彼の傷を慮《おもんぱか》り気を使っていたので、いまも彼の顔色と一物の変化に注意しながら愛撫していたが、激しく勃起してきたので安心したようだ。

「まあ、すっかりこちらの方も元気になったのですね……」

「ええ、何とか……」

八重は、昨夜竜介と美和が一夜を過ごし、何かあったことを察しているのかいないのか、そのことには触れず、とうとう自分も帯を解いて着物を脱ぎはじめてしまった。

そして充分に屹立した肉棒に屈み込み、その豊かな乳房をこすりつけてくれたのだ。勃起した乳首で裏側をこすり、柔らかな膨らみを押しつけ、さらに乳房の谷間に一物を挟み付け、両側から揉むように動かしてくれた。

「ああ……」

竜介は肌の柔らかさと温もりに包まれ、揉み苦茶にされながら喘いだ。

八重は乳房に挟み付けながら屈み込み、長い舌を伸ばして、間から覗いている亀頭をちろちろと舐め回してきた。

たちまち鈴口と亀頭全体を刺激しながら、八重は次第に胸を引き離して本格的にすっぽりと喉の奥まで呑み込んでいった。

「く……」

竜介は快感に呻き、温かな唾液にまみれながら、美女の口の中でひくひくと幹を震わせた。八重は激しく舌をからめ、たまに強く吸い付きながらスポンと口を離しては、またしゃぶりついてきた。見ると、唾液に赤く濡れた口と、光沢あるお歯黒の歯並びが亀頭を刺激し、何やら美しい魔物に食べられているような興奮が湧いた。

「こ、こっちにも……」

竜介は暴発を堪えながら言い、八重の下半身をこちらに引き寄せた。

彼女も素直に一物をくわえながら身を反転させ、仰向けの彼の顔に上から跨ってきてくれた。女上位の二つ巴《どもえ》になり、竜介は熟れた果肉に顔を寄せた。

早くも割れ目からは新鮮な蜜汁がヌラヌラと溢れ、陰唇を広げると、膣口周辺の襞には白っぽい粘液もまつわりついていた。

まずは潜り込んで柔らかな茂みに鼻を埋め、隅々に染み込んだ刺激的な体臭を存分に嗅いだ。そして舌を伸ばし、割れ目の内側全体を舐めると、舌を伝って生温かな蜜汁が流れ込んできた。

光沢あるオサネを舐め回すと、

「ンンッ……！」

亀頭をしゃぶりながら八重が呻き、白く豊かな尻をクネクネさせながら強く吸い付いてきた。熱い息がふぐりをくすぐり、濡れた口が幹を丸く締め付けた。

竜介も競い合うようにオサネを吸い、たまに伸び上がって尻の谷間に鼻を埋めた。枇杷《びわ》の尻のように僅かに突き出た肛門には、馥郁たる微香が籠もり、舌を這わせると細かな襞が磯巾着《いそぎんちゃく》のように可憐に収縮した。

舌を潜り込ませて内壁を味わい、また再び割れ目に戻って新たな淫水をすすってオサネを舐め回した。

「あぁッ……！　もう駄目……」

すっかり高まった八重が、一物から口を離して言った。

やがて竜介は、身を起こしていった。

「どうか、起き上がる練習で上になってみたいです……」

言うと、八重は素直に入れ代わりに仰向けになってくれた。竜介も、左足を庇《かば》いながら両膝を突き、大股開きになった八重の股間に一物を迫らせていった。

先端を押し当て、ゆっくりと貫いていくと、

「アアーッ……！　いいわ、もっと深く……」

八重が顔をのけぞらせて喘ぎ、下から彼を抱き寄せてきた。

竜介は心地よい摩擦を味わいながら、完全に根元まで押し込んで身を重ねた。

子を産んだとも思えない締まりの良さと温もりに包まれ、竜介はいつしか足を庇うことも忘れて勢いよく腰を突き動かしはじめた。

「あう！　いい気持ち……」

八重も快感に喘ぎながら彼の背に爪を立て、下から股間を突き上げてきた。溢れる蜜汁が、一物を突き入れるたびに溢れ出し、粗相したように二人の接点をびしょびしょにさせた。

やがて竜介が高まり、いよいよ最後を目指して勢いを強めると、いきなり八重が押し止めてきたのだ。

「待って……、お尻に入れてみて……」

「え……？　は、入るのかな……」

八重の提案に竜介は戸惑ったが、考えてみれば陰間《かげま》も行なっているのだし、互いに新鮮な快感が得られるかもしれず、激しい好奇心が湧いた。

竜介は動きを止め、そろそろと身を起こしながら一物を引き抜いた。すると八重も自ら両脚を浮かせ、白く豊かな尻を突き出してきたのだ。見ると、割れ目から滴《したた》る白っぽい粘液が肛門までも、充分に彩《いろど》っていた。

恐る恐る先端を蕾《つぼみ》に押し当て、力を入れて差し入れていくと、八重も懸命に口で呼吸をして、肛門をゆるめてくれた。

そして張りつめた亀頭が、ぬめりに助けられてぬるっと潜り込むと、あとは比較的楽に潜り込ませていくことが出来た。

「く……！」

八重が眉をひそめて呻いたが、もう一物は半分以上入っていた。

「大丈夫ですか？」

「平気……、一番奥まで突いて……」

八重が言い、竜介も遠慮なく根元まで押し込んだ。すると下腹部に、尻の丸みが柔らかく当たって弾み、何とも心地よかった。さすがに入り口周辺の締まりはきついが、内部は案外滑らかで広い感じがした。

「ああ……、変な感じ……、構わないから動いて……」

八重が汗を滲ませて言い、竜介も様子を見ながら小刻みに腰を突き動かしはじめた。

引くときは引っ張られるような感じがし、押すときはどこまでも呑み込まれていく感覚があった。膣内とは違った感触だが、妖しい摩擦感が心地よく、また八重も次第に力の抜き方に慣れてきたのか、動きはいつしか滑らかになっていった。

たちまち快感が甦り、竜介はあっという間に昇り詰めてしまった。

「ああッ……！　い、いく……！」

突き上がる快感に口走りながら、竜介は熱い大量の精汁を、どくんどくんと勢いよく美女の肛門内部に注入していった。

「あうう……、出ているのね。もっと出して……」

奥深い部分に噴出を感じ取り、八重も気を遣ったかのように声を上ずらせて口走った。

竜介は最後の一滴までほとばしらせ、ようやく深い満足の中で動きをゆるめていった。

肛門内部は、いつまでも一物を噛みしめるようにキュッキュッと忙しげな収縮を繰り返し、前の割れ目からは白濁した大量の淫水が溢れ、八重も新鮮な感覚にいつまでも喘いでいた。

やがて完全に動きを止めると、竜介はゆっくりと股間を引き離していった。

「あう……」

八重が違和感に呻き、まるで排泄するように肛門をモグモグさせ、内圧で肉棒を押し出してきた。たちまち精汁のぬめりに、一物はヌルッと抜け落ちた。

淡紅色に色づいた肛門が、僅かに丸く開いて内部の粘膜を覗かせたが、徐々につぼまって元の可憐な形状に戻っていった。

一物に汚れの付着はないが、八重はすぐに身を起こし、彼の手を引いて裏の井戸端へと行って洗ってくれた。

「さあ、ゆばりも放って。中も洗い流した方がいいから……」

八重が甲斐甲斐しく世話をしながら言った。竜介も尿意を高め、やがてゆるゆると放尿をした。

し終わると、八重が顔を寄せ、最後に消毒するようにちゅっと亀頭に吸い付き、鈴口を舐め回してくれた。

「ああ……、どうか、内儀さんがするところも見たい……」

竜介は、射精したばかりだというのに興奮を高め、今度は自分がしゃがみ込み、目の前に彼女を立たせた。

「私も出すの……？」

八重は小さく言い、同じように興奮を高めたように拒みはしなかった。

大量の蜜汁にまみれた割れ目から、間もなくちょろちょろと温かな水流がほとばしってきた。それは次第に勢いを増して全裸の竜介の胸から腹を濡らし、回復しはじめた一物を心地よく浸してきた。

「ああ……、恥ずかしい……」

立ったままの放尿に八重が喘ぎ、さらに竜介は流れを舌に受け止めてしまった。

温かな流れが口に入り、淡く上品な味と匂いが広がった。喉を潤すと甘美な悦びが全身を満たし、竜介は完全に元の大きさに勃起してしまった。

「アア……、駄目、汚いのに……」

八重は声を震わせて言いながらも、激しい興奮に股間を押しつけてきた。やはり正規の場所で昇り詰めていないから、まだまだ欲望がくすぶっているのかもしれない。

流れはすぐに収まったが、新たな蜜汁が大量に溢れ、割れ目内部を淡い酸味でぬらぬらと満たしてきた。

やがて竜介は念入りに舐め回し、充分に残り香を味わってから顔を離した。

八重は互いの身体をざっと拭き清めてから、気が急くように彼を支えて再び座敷へと戻っていった。

やはり二人とも、もう一度しなければ治まらないほど淫気が高まっているようだった。

第五章　斬魔の剣にて妖気昇天

一

（さあ、明日から養生所か……。のんびりも今夜までだな……）

竜介は思い、横になって目を閉じた。八重との濃厚な交接を終え、彼女は夕餉の仕度をしてから湯島へ帰っていった。

夕方には入れ代わりに美和が来ることだろう。また夜には情交するだろうから、少しでも身体を休めておこうと思い、いつしか竜介は眠り込んでいた。

どれぐらい眠っただろうか。ふと、竜介は鋭い痛みに目を覚ました。

見ると、いつの間にやってきたのか、美和が彼の下半身に屈《かが》み込んでいた。まだ障子越しに夕日が射し込み、彼女は襦袢を羽織っただけで大部分の肌を露出していた。

美和は竜介の右内腿に顔を埋め、激しい力で彼の肌を噛んでいたのである。

「く……、お、お美和さん、何をしている……」

竜介は驚いて言い、彼女の顔を内腿から引き離そうとした。

しかし美和は何かに取り憑《つ》かれたように、魔物のような怪力で脚を押さえ、白い歯を肉に食い込ませていたのだった。血が流れ、竜介は脚が痺《しび》れて起き上がることも出来なくなっていた。

彼は懸命に美和の顔を突き放そうとしたが、彼女は獣のような熱い息を弾ませ、なおも渾身の力で噛み続け、滲《にじ》む血を貪《むさぼ》るようにすすっていた。

「や、やめろ……！」

竜介は必死に彼女の顔を押しのけようとしたが、美和は一向に離れず、さらに両手の爪まで彼の肌に食い込ませてきた。

と、そのときである。

「どうした……！」

いきなり冴が飛び込んできた。そろそろ竜介の傷も快癒する頃と思い、見に来てくれたようだ。

冴は状況を見るなり、素早く美和の肩に両手をかけて引き離そうとした。

すると、美和も新たな相手にようやく血まみれの口を離し、激しい勢いで冴に飛びかかっていった。それはまさに獣の動きで、竜介は傷も忘れて、あらためて美和の内部に潜む魔物の恐ろしさに震え上がった。

牙は、喉笛に食いつこうとする美和を腰に載せて投げ飛ばした。

しかし美和は猫のようにくるりと一回転して両手両足で降り立ち、間髪を入れず再び牙に飛びかかったのだ。しかもいつの間に奪い取ったか、美和の手には牙の脇差《わきざし》が握られているではないか。

牙は抜き打ちに大刀を一閃させ、美和の脇差を叩き落としてから、片手斬りで美和の胴を払っていた。

「ウッ……！」

美和は短く呻き、そのままどうと倒れて動かなくなった。

「き、斬ったのですか……！」

「峰打ちだ。大事ない」

竜介の言葉に、牙は素早く大刀を納めながら答えた。そして落ちている脇差も拾って鞘に納めた。

刀身が肌に触れる寸前、刃を返して峰打ちにしていたのだろう。しかも骨まで砕くこともなく、軽く肌に当てただけのようだった。しかし美和も、あまりの素早さに斬られたと思い、そのまま昏倒してしまったようだった。

牙はすぐに、竜介の傷口を見てくれた。出血は大したこともないが、くっきりと歯形が印されている。その周囲には無数の爪痕もあって血が滲んでいた。

「大丈夫、この程度なら」

牙は言い、手拭いで右太腿を縛ってくれた。しかし、せっかく左太腿の傷が癒えたというのに、また反対側に傷を負ってしまった。

「どうやらお美和は、お前がこの家を出てゆくのを嫌がったのだろうな。別の傷を負わせれば、いつまでもここにいてくれると思ったのだろう。可哀想に」

「そんな……」

竜介は、気を失っている美和を見て呟《つぶや》いた。

「お前には、何かしら女を惹きつけるものが備わっている。まあ、だから私もここへ来たのだが、間に合って良かった」

牙は処置を終えて言うと、大刀を鞘ぐるみ抜いて置き、腰を下ろした。

「どうしたら良いのでしょう……」

「いまの一太刀で、お美和に潜む妖魔は死滅したのではないか。まだ生き残っているようであれば、もう一度斬る」

牙は言い、襦袢一枚で倒れている美和に、着物を掛けてやった。そして牙はいきなり脇差も置いて袴を脱ぎ、裾をめくってきたのだ。どうやら美和が息を吹き返す前に、一度済まそうというのかもしれない。

冴は添い寝し、上からぴったりと唇を重ねてきた。

美和の行為には驚いたが、一眠りして休息していたので、竜介の淫気はたちまち湧き上がってきた。冴は、ほんのり濡れた唇を密着させ、かぐわしい息を弾ませながら舌を差し入れてきた。

滑らかに蠢《うごめ》く舌を舐めると、生温かくほのかに甘い唾液が注ぎ込まれ、竜介は激しく勃起していった。

冴は惜しみなく唾液と吐息を与えてくれ、そっと一物に触れてきた。そして充分な強ばりを持ちはじめたことに安心したか、口を離して彼の胸から腹まで舐め下りていった。

そして彼の股間に熱い息を籠もらせ、先端を舐め回してきた。

「ああ……」

竜介は快感に喘いだ。左太腿の治りかけた傷は佐吉に刺されたものだが、右太腿の新たな傷は、美和に噛まれたものだから、痛くても甘美な心地よさが混じっていた。

「ふふ……、ここを噛み切られなくて幸い……」

冴は舌を引っ込めて呟き、今度はふぐりにしゃぶりついてきた。より多くの精汁の製造を促《うなが》すように、二つの睾丸を念入りに舌で転がし、袋全体を温かな唾液にまみれさせてから、肉棒の裏筋をゆっくりと舐め上げた。

先端まで味見すると、鈴口をチロチロと舌先で舐め回し、丸く開いた口ですっぽりと喉の奥まで呑み込んでいった。

「ああ……、気持ちいい、冴様……」

竜介はうっとりと身を投げ出して喘ぎ、唾液にまみれた肉棒を、美女の口の中でひくひくと上下に震わせた。冴は上気した頬をすぼめて強く吸い上げ、たっぷりと唾液を出しながら舌をからみつかせてきた。

そして充分に味わうと、彼が暴発してしまわないうちにすぽんと口を離し、添い寝してきた。入れ代わりに竜介は身を起こし、胸元を開いた冴の乳房に顔を埋めていった。

色づいた乳首を吸うと、甘ったるい汗の匂いが着物の内から漂ってきた。

「アア……、もっと強く……」

冴が喘ぎ、彼の顔を抱きすくめてきた。

竜介は膨らみに顔を埋めながら乳首を舌で弾き、強く吸い上げた。そしてもう片方も含んで充分に愛撫し、さらに下半身へと移動していった。

足袋を脱がせ、汗と脂に湿った指の股に鼻を埋めて嗅ぎ、足裏に舌を這わせた。

爪先をしゃぶり、順々に指の股に舌を割り込ませ、両足ともまんべんなく味わい尽くした。そのまま腹這いになって脚の内側を舐め上げ、裾の中に潜り込んでいくと、冴は自分から僅かに立てた両膝を全開にしてくれた。

鼻先を迫らせると、すでに割れ目からはみ出した花弁は大量の露を宿し、今にもとろりと滴りそうなほど雫《しずく》を膨らませていた。股間全体に籠もる熱気と湿り気は、悩ましい匂いを含んで彼の顔中に吹き付け、指で陰唇を開くと、ぬめぬめと濡れた柔肉が誘うように妖しく息づいていた。

堪らず茂みに鼻を埋め、馥郁たる武家娘の体臭を胸いっぱいに吸い込んだ。今日も道場で稽古してきたのだろう。甘ったるい汗の匂いがたっぷりと籠もり、刺激的な残尿の香りも悩ましく鼻腔をくすぐってきた。

竜介は何度も深呼吸しながら舌を這わせ、淡い酸味を含んだ蜜汁を味わった。柔肉を掻き回すように舐め、オサネまで舐め上げていくと、冴の内腿にギュッと強い力が入った。

「く……、いい気持ち……」

彼女は言い、自分から股間を突き上げてきた。

竜介はオサネを小刻みに舐め、完全に露出した突起に強く吸い付いた。さらに両脚を浮かせ、引き締まった尻の谷間にも鼻を埋め込み、秘めやかな匂いを嗅ぎ、可憐な肛門に舌を這い回らせた。

舌先を潜り込ませ、滑らかな粘膜を味わってから再び蜜汁をすすり、舌をオサネまで戻していった。

「い、入れて……」

冴がすっかり高まって言い、竜介も顔を上げた。そのまま身を進め、先端を熱く濡れた陰戸にこすりつけてから一気に挿入していった。

「アアーッ……!」

ぬるぬるっと根元まで潜り込ませると、冴が顔をのけぞらせて喘いだ。

竜介は肉襞の心地よい摩擦を味わい、ぴったりと股間を押しつけながら両脚を伸ばし、身を重ねていった。すぐにも冴が両手でしがみつき、そのうえ両脚まで彼の腰にからみつかせてきた。

内部は実に熱く濡れ、締まりが良かった。竜介は待ちきれずに腰を突き動かし、冴の甘い匂いのする首筋に顔を埋めた。

「ああ……、いい、すごく。もっと奥まで……!」

冴が股間を突き上げながら言い、彼の耳を嚙み、首筋にも舌を這い回らせてきた。

そのゾクリとする快感に、竜介はあっという間に昇り詰めてしまった。

「く……！」

激しい快感に呻き、ありったけの精汁をほとばしらせ、狂おしく股間をぶつけ続けた。

「あうう……、気持ちいい、いく……！」

噴出を感じ取ると、続いて冴も口走り、がくがくと全身を跳ね上げながら気を遣ったのだった。やがて出し切り、竜介は美女侍の温もりの中、何ともかぐわしい吐息を間近に嗅ぎながら、うっとりと快感の余韻に浸り込むのだった。

二

「私は……、どうしていたのでしょう……。まあ、冴様もいらしていたのですか……」

目を覚ました美和が、とろんとした眼差しで二人を見回して言った。

すでに冴も身繕いをし、すっかり日も落ちていたので行燈に灯を入れていた。

「お美和さんは、何も覚えていませんか？」

「え？　何を……」

「湯島から、ここへ来てからのことです」

竜介に言われ、美和は少し考えた。

「確か、竜介様がよくお休みになっていたので、そばに座り、晒しを替えようかどうか考えていたのですが、そのあとは分かりません。私も、一緒になって眠ってしまったのですね……」

「私と戦ったのですよ。竜介の脚を傷つけようとしていたから」

冴に言われ、美和はびくりと顔を上げ、やがて竜介の右太腿の手拭いを見た。

「私が、竜介様を傷つけようと……？」

美和は驚いて言い、竜介に近づいて手拭いを解き放った。まだ血の滲んだ歯型や爪痕が残っている。

「まあ、なんてひどい。これを私が……？」

美和は今にも泣きそうな表情になり、声を震わせて竜介を見上げた。

「どうやら、いつまでも竜介がここにいて欲しいという願いからなのだろうが、互いに一緒になれぬ立場ならば、諦めるしかないな。今を楽しむだけならば良いが、竜介は一年後には江戸を去る男なのだから」

冴が諭すように言い、涙ぐんでいる美和をそっと胸に抱いてやった。

「明日の朝、竜介は養生所へと帰る。今夜はゆっくり一緒に寝ると良い」

「あ、あの……、もしまた私が何かしたら困りますので、冴様もどうか、ご一緒に……」

美和が心細げに言う。怪我をしている竜介一人では抗しきれず、自分が何かしたら大事になると思ったのだろう。

「わかった。では邪魔をせぬよう別室に居ることにしよう」

冴は言い、それで竜介もほっとした。

やがて三人は夕餉を済ませ、美和は竜介の隣で、冴は隣室に布団を敷いて寝ることになった。もちろん竜介は昼間たっぷり寝たから目が冴え、美和も眠れないでいるようだった。どちらにしろ、一度情交しないことには治まらないだろう。

竜介も、今日は何度となく射精してきたが、やはり相手が代われば淫気も新たに湧き上がってきた。

美和を抱き寄せ、腕枕した。

「ごめんなさい。本当に……」

美和がか細い声で囁き、可愛らしく甘酸っぱい息が弾んだ。隣室にいる冴の存在が、意外なほどの刺激になっているらしく、彼女の肌は早くも火照っていた。

「いいさ、自分では分からないんだから」

竜介は言い、そっと唇を重ねながら、彼女の帯を解いて寝巻きを開かせていった。

「ンン……」

舌を差し入れると、美和はかぐわしい息で彼の鼻腔を刺激しながら呻き、強く吸い付いてきた。今は覚醒時だから、よもや嚙み切られるようなこともないだろうが、そうした僅かな不安も興奮に拍車をかけていった。

充分に舌をからめ、美少女の口の中を隅々まで舐め回してから、竜介は白い首筋を舐め下り、可憐な乳首に吸い付いていった。

「あん……」

美和が喘ぎ、生ぬるく甘ったるい体臭を揺らめかせた。

竜介はもう片方の乳首も吸い、さらに肌を舐め下りた。水月あたりに、うっすらと真一文字の峰打ちの痕が認められた。これも明朝には消え去る程度のものだろう。

竜介は愛らしい臍《へそ》を舐め、腰から脚へと舐め下りていった。

隣室からは、冴が様子を窺《うかが》っているのだろうか。その視線を思うと激しく勃起した。ほのかな匂いの籠もる指の股まで充分に舐めてから、竜介は美和の股間に顔を埋め込んでいった。

柔らかな若草に鼻を埋めると、すっかり馴染んだ美少女の体臭が馥郁と鼻腔を掻き回してきた。舌を這わせると、とろりとした熱い蜜汁が流れ込み、彼はそのまま柔肉をたどってオサネまで舐め上げていった。

「アアッ……！」

美和が喘ぎ、竜介は脚を浮かせて肛門の味と匂いも堪能してから、さらに強くオサネに吸い付いた。

「駄目、変になりそう……」

美和が声を上ずらせて言い、くねくねと腰をよじった。やがて竜介は彼女の前も後ろも充分に堪能してから、ようやく顔を上げた。

すると美和が身を起こし、彼を仰向けにさせて股間に顔を埋め込んできた。

ここでも、噛まれるのではないかという不安がよぎったが、美和は歯を当てることもなく喉の奥まで含んでしゃぶり、ちゅっちゅっと小刻みに吸い上げてきた。

「ああ……」

竜介は美和の髪を撫《な》でながら快感に喘ぎ、清らかな口の中で最大限に膨張していった。

本当はこのまま口の中に出して飲んでもらいたい気もするのだが、やはり少しでも多く情交して、無意識の欲望を解消した方が良いのだろう。

彼は果てそうになる前に美和の顔を一物から離させた。そして手を握って引っ張り上げると、彼女は素直に上になって跨ってきた。

下から先端を陰戸に当てると、美和はゆっくりと腰を落とし、ぬるっと肉棒を受け入れていった。

「アア……、気持ちいい……」

すっかり痛みや違和感にも慣れ、美和はうっとりと顔を上向けて喘いだ。実際には、まだ快感よりも男との一体感に満たされているのだろう。

深々と根元まで貫かれた美和は、すぐにも身を重ね、肌を密着させてきた。竜介も抱きすくめ、ずんずんと股間を突き上げて律動しはじめた。

「あう……、な、何だか、怖い……」

美和も下からの動きに合わせて腰を使いながら、息を詰めて不安げに言った。

「何が怖いの」

「気持ち良すぎて、自分でなくなるような……」

言うと、美和が動きながら答えた。大きな絶頂の波が迫ってくると、我を失いそうになるのかもしれない。

竜介は気にせず動き続けて、自分の快感に専念しながら、何とも心地よい温もりと締まり、柔襞の摩擦を味わった。熱い蜜汁は大量に溢れ、湿った音を立てながら互いの動きは速まっていった。

「ああッ……！　気持ち良いけれど、自分でなくなってしまう……。冴様、来て……！」

激しく身悶えながら、美和が口走った。

すると襖が開き、隣室から冴が入ってきた。彼女も寝巻き姿だが、右手には大刀を握っていた。

「どうした」

「そばにいてくださいませ……。暴れ出しそうです……」

美和が言う。どうやら今までのように、覚醒時と無意識という二つではなく、覚めているときにまでもう一人の自分が彼女を侵《おか》しそうになっているのかもしれない。

「分かった。私がついているから、心おきなく気を遣るが良い」

冴は言い、大刀を傍らに置いて美和の肌を撫でてやった。

冴が近くに来たことで、竜介の快感は激しく高まった。竜介は冴の顔も引き寄せ、美和と同時に唇を重ねた。

美女と美少女の、甘酸っぱく混じり合った息で鼻腔を満たし、それぞれの舌を舐めた途端、竜介は大きな絶頂の荒波に巻き込まれてしまった。

「く……！」

彼は快感に呻きながら股間を突き上げ、大量の熱い精汁を勢いよく噴出させた。

すると、ほとばしりを受けた美和も同時に昇り詰めたようだ。

「ああーッ……！」

口を離して反り返り、美和は激しく声を上げてがくがくと狂おしく身悶えた。

そしていきなり、彼女は竜介の首筋に思い切り歯を立ててきたのだ。

「ウ……！」

竜介が痛みを感じた瞬間、まるでそうした異変を予想していたかのように、牙が飛び起きて抜刀した。

「去れ！　妖魔よ！」

牙が裂帛《れっぱく》の気合いを発し、美和の首筋にピタリと刃を当てた。肌を切り裂くことはしないが、数本の後れ毛がハラリと舞った。

「アア……！」

美和は口を離し、びくりと硬直しながら最後まで気を遣った。

膣内が艶かしい収縮をし、最後の一滴まで精汁を吸い取ると、やがて美和はぐったりと突っ伏してきた。

竜介も出し切り、荒い呼吸を繰り返しながら美和の温もりと重みの中で余韻に浸った。

嚙まれた首筋も大したことはないようだ。

牙は大刀を鞘に納め、失神したような美和の様子を見ていた。

しかし、間もなく美和は目を覚ました。

「とっても、良かった……。ごめんなさい、竜介様……」

美和は、自分のしたことを完全に自覚したように言い、やがてゆっくりと股間を引き離すと、彼に添い寝してきた。

三

「おお、すっかり良いようだな。早速こき使われているな」

結城玄庵が、養生所に顔を見せて言った。

「はあ、おかげさまで良くなりました」

竜介は、手を休めず会釈だけして答えた。小夏に命じられ、早速厠《かわや》掃除を言いつかっていたのだ。小夏は、彼の快癒を喜びながらも、容赦なく仕事をさせた。

「あれから、どうなったのだ」

「はい。お美和さんはすっかり良くなり、牙様が湯島まで送って行きました」

竜介は、厠の床を拭き清めながら、今までのあらましを話した。

「そうか、古来、刀には魔を払う力があるからな。まして、遣い手の心が正しければ、なおさらその威力は増す。もうこれで安心だろう」

「はい。私も大丈夫と思います」

「本来なら、生娘でなくなった途端に治っていなきゃならんはずのものだ。それがなお残るほど強い気があったのだろうが、それも何度かの発散で消滅したはず」

玄庵は言い、やがて小夏と少し話して帰っていったようだった。

竜介は二カ所の厠、患者用と奉公人用の両方を丁寧に掃除し終え、今度は湯殿の掃除をしている小夏に合流した。

もう左太腿の傷は痛まず、もちろん美和に嚙まれた右太腿も大したことはなく、今はもう杖も要らず普通に動けるようになっていた。

「冴先生には、だいぶ世話になったようだな」

小夏が、風呂桶をこする手を休めずに言った。湯殿の中には、すっかり甘ったるい小夏の体臭が充満していた。

「はい。冴様には何度も救われました。でも、もう何事も起こらないと思います」

竜介は答え、やがて掃除を終えて風呂桶を水で流した。そして二人で水を張り、焚《た》き付けを済ませた。

「傷を見せてみろ」

「はい」

部屋に戻ると小夏が言い、竜介も裾をからげ、敷き延べた布団に横たわって傷跡を見せた。もう晒しも巻いていない。

小夏は、匕首による傷を見分し、さらに反対側の太腿の歯型を認めた。

「これは」

「昨日、お美和さんに嚙まれました。そこを冴様に救われたのです」

竜介は、玄庵に説明したのと同じことを小夏にも言った。

「これは相当な力で嚙んだのだな。今回のことは非常に勉強になった。大人しい小娘でも大変な力を発揮することがあるとは」

小夏は言い、そっと屈み込み、美和の付けた歯型の隣にそっと唇を押し当てた。そして大きく口を開いて肉をくわえ込み、次第に力を入れて嚙んできた。

「ああ……」

竜介は、内腿に感じる甘美な痛みと熱い息に、うっとりと喘いだ。小夏は遠慮なく力を込め、どうやら彼が降参するまで嚙み続けるつもりのようだった。

肌をくすぐる吐息と熱い唾液、唇と歯の感触から、彼女の激しい淫気が伝わってくるようだった。

やがて、小夏の方が根負けしたように口を離して顔を上げた。

「ああ……、噛み切れるものではないな。お美和の歯型より薄い」

小夏は言い、唾液にまみれた自分の歯型を確認した。別に血も滲んではいない。

「痛くなかったのか。言えば止めたのに」

「いいえ、小夏様になら何をされても嬉しいですから」

「ふん、可愛いことを。そのようなことを言うと、私は何をするか分からぬぞ」

小夏は添い寝して熱く囁き、ぺろりと彼の鼻の頭を舐めた。

竜介は、甘酸っぱい息と唾液の匂いに激しく勃起してきた。そして唇を求めたが、小夏は首を振った。

「今宵は宿直をするから、夜にゆっくり。今は時間がない」

では、夜はこの部屋で一緒に寝られるのだ。それは実に楽しみだが、いま激しく勃起してしまったものは、射精しないことには治まらない。竜介は自分で下帯を取り去ってしまい、甘えるように勃起した一物を突き出した。

小夏はそれを見て、やんわりと握ってくれた。

「良いか、我慢せずすぐに終えるのだぞ」

彼女は囁き、そっと指で揉みながら、屈み込んで先端に舌を這わせてきてくれた。そして舌先で、ちろちろと鈴口をくすぐり、次第に大きく円を描くように亀頭全体を舐め回してきた。

手のひらはふぐりを包み込んで付け根を指先で揉み、いつしか小夏は完全に亀頭をしゃぶり、徐々に喉の奥まで深々と呑み込んでいった。

湿り気ある熱い息が股間に籠もり、温かな口の中ではクチュクチュと舌が蠢いた。たちまち一物は美女の唾液にどっぷりと浸り込み、激しく高まってきた。

見ると、小夏は上気した頬をすぼめて夢中で吸い付き、顔を上下させてスポスポと滑らかな摩擦を開始してくれていた。八重と美和の母娘とも、牙とも違う清らかな美女が、一物を頬張っている表情は何とも艶かしいものだった。

「い、いく……！」

たちまち快感が突き上がり、竜介は口走りながら絶頂に達してしまった。

熱い大量の精汁が勢いよくほとばしり、彼女の喉の奥を直撃した。

「ンン……」

小夏は小さく鼻を鳴らし、口の中に噴出を受け止めながらも、激しい舌の蠢きと吸引を止めなかった。

竜介は最後の一滴まで思い切り出し尽くし、徐々に下降線をたどる快感を惜《お》しみながら身悶えた。小夏は強く吸い付きながら喉に流し込み、全て飲み干してくれた。

「ああ……」

出し切り、竜介はうっとりと快感の余韻を味わいながら声を洩らし、全身の力を抜いていった。小夏も激しい吸引を止め、ようやく口を離して幹を指で支え、濡れた鈴口を丁寧に舐め回してくれた。

その刺激に、過敏になった亀頭がひくひくと脈打ち、竜介は腰をよじって喘いだ。

小夏は完全に綺麗にしてくれ、顔を上げてちろりと舌なめずりした。

「さあ、少し休んだら、また仕事に入る」

彼女は言って立ち上がり、部屋を出て行ってしまった。

竜介は呼吸を整え、やがて身を起こして下帯を整えると、また次の仕事を求めて小夏のところへと行った。

患者の容態は安定し、何人かは養生所を出ていった。新たに入ってくる病人もおらず、老医師もあまり顔を出さなくなり、見習いの若者も部屋で談笑ばかりしていた。

そんな中、小夏だけはせっせと働き、おかげで彼女についている竜介も嫌というほど動き回らされた。患者の面倒と養生所内の掃除、薬園の手入れに食料の買い出し、時には洗濯や炊事まで手伝わされた。

　空いた時間には医書や薬学の書物に埋もれ、たまに顔を出してくれる玄庵からも貴重な話を多く聞いた。

　やがて日が傾き、その日の病人の世話を終えて自分たちの夕餉を済ませると、竜介は部屋に戻った。小夏もすぐ部屋に来たが、他の若者たちは、こちらのことには関知していないようで、小夏も帰ったと思い込んでいるようだった。

　竜介は、いそいそと床を敷き延べて待機していた。もちろん昼間に一度口に出したけれど、すっかり回復している。

　すると小夏は、自分から帯を解き、腰巻きも襦袢も取り去って一糸まとわぬ姿になってしまった。あまりに彼女の思い切りがよいので、竜介はいきなり目の前に現われた白い肌に圧倒される思いだった。

　しかし彼女は、水の張られた手桶と手拭いまで用意しているではないか。

「まだ情交するつもりはない。先に、また女の身体の診かたを学んでもらう」

「承知しました。有難うございます」

　医学の勉強となれば、まずは淫気を抑えて真剣にやらねばならない。竜介は座り直すと、顔を引き締めて答えた。

「医師は、五感の全てを駆使して病人に接する。まずは言葉により、本人の具合の悪いところを聞き、そして目で見る」

小夏は、全裸で仰向けになりながら言った。熟れて健康的な柔肌が息づき、何とも甘い匂いとともに、言いようのない色気が漂った。

「はい」

「さらに嗅覚も重要。口を嗅いで歯や胃の腑の不具合を関知し、あるいは肌や陰戸の匂いで異変を察する。それから聞く。鼓動や腸の蠢きが正常かどうか判断する。それから触れる。指の入るところは全て差し入れ、異常がないか調べる」

「それで、五感の残り、味わうというのは？」

「全ての患者の陰戸を舐めるわけにもいくまい。だが時には、たぐり（吐瀉物）やゆばりを味わって診断することも必要になるかもしれない」

言われて、竜介は股間がムズムズしてきてしまった。しかし、小夏や美和のような美女なら排泄物まで舐めても構わないが、男や老婆の出したものは御免だ。まあ、そうした分け隔てをするうちは、名医などにはなれないのだろう。

「では、いま言ったことを一つ一つ行なってみるように」

「はい。では失礼いたします」

竜介は言い、興奮を抑えて神妙な顔つきで、仰向けの小夏に迫っていった。

まずは全身を舐めるように見回し、異常がないか確認をし、そっと胸や腹に耳を押し当ててみた。

心の臓の鼓動は規則正しいが、やや速い気もする。それはおそらく、小夏も激しい興奮を抑えているからなのだろうと判断された。

張りのある滑らかな腹に耳を押しつけると、何とも心地よい弾力と温もりが伝わってきた。腹は骨がないから、この柔らかさが、そのまま脂肪や肉、内臓の感触なのだろう。

たまにグルグルと腸の躍動する音が聞こえた。これほど神秘の美女でも、体内では消化や吸収が行なわれ、絶えず腸が蠢いているのだ。

竜介は小夏に触れるうち、激しく勃起していた。

四

「では、失礼してお口を……」

竜介が言うと、小夏は口を開き、舌を見せてくれた。桃色の舌は健康的な色合いで、湿り気ある吐息もほんのり甘酸っぱくかぐわしかった。単なる室内の空気も、いったん美女の肺臓に入ってから出されると、極楽の風もこのようではないかと思えるほどの芳香になっていた。

指を差し入れ、大粒の綺麗な歯並びを奥までたどってみた。虫歯もなく、実に頑丈そうな歯が上下とも、きっしりと隙間なく揃《そろ》っていた。

「もし、出るようでしたら、おくび（ゲップ）を」

無理と思いつつも言ってみると、小夏は懸命に息を呑み込み、やがて軽やかにおくびを洩らしてくれた。熱い息を嗅《か》いでみると、胃の腑の匂いがほんのり生臭く感じられた。全て夕餉に食べた成分で、他に異常は感じられない。

とにかく滅多に嗅げない美女の匂いに、竜介は暴発しそうな勢いで淫気が高まってしまった。もっとも今後とも、多くの美女を診断するたびに興奮していては身体が持たないだろう。

さらに竜介は移動し、小夏の腕を差し上げ、腋の窪みに鼻を埋め込んでみた。柔らかな腋毛が鼻をくすぐり、甘ったるい汗の匂いが感じられた。今日も一日働きづめで、全身が汗ばんだままだ。いまは診断の練習のため、あえて生の匂いをさせたままでいてくれ、入浴は寝しなにするつもりなのだろう。

そして竜介は小夏の下半身へと移動し、足裏や爪先も嗅いでみた。汗と脂《あぶら》にじっとり湿った指の股からは、馥郁たる匂いが感じられた。

「そのようなところは、関係なかろう……」

小夏が言い、竜介は再び移動した。そして小夏の両膝の間に顔を進めると、彼女は自分から大股開きになってくれた。

割れ目は、まださほど潤っている様子はない。彼女も懸命に、今は勉強の時間だからと淫気を抑えているのだろう。

ふっくらと丸みを帯びた丘の茂みに鼻を埋めると、上の方は腋に似た甘ったるい汗の匂いがし、下の方はゆばりの刺激的な芳香が籠もっていた。

舐めたいが、まだその段階ではないだろう。

すると、小夏が口を開いた。

「月の障りの前後だと、また匂いが変わる。その時がきたら、どのようなものか見せてあげよう」

冷静な口調だが、興奮と喘ぎを抑えるように息を詰めて言った。

「はい。お願い致します」

竜介は、そのときが楽しみになった。それもまた男には神秘なものなので、見知っておきたかった。

さらに彼は小夏の両脚を浮かせ、両の親指で肛門の様子を見た。これも今まで何度となく舐めている部分なので、蕾はいつもと同じ可憐な形状をして、谷間の奥でひっそりと閉じられていた。

鼻を埋めて嗅ぐと、やはり秘めやかな微香が感じられた。ここも、まだ舐めるわけにいかないので脚を下ろし、今度は乳房や下腹などに手のひらを当て、圧迫するように触診を始めた。張りのある肌は弾力があり、乳房は実に柔らかくて心地よかった。

「では、失礼します」

竜介は言い、人差し指を一本ゆっくりと膣口に差し入れていった。さすがに内部は潤いがあり、指はぬるっと滑らかに潜り込んだ。

「く……」

小夏が、小さく息を詰めて呻いた。

竜介は内部の上下左右に触れ、最後は手のひらを上に向けて一番奥まで潜り込ませた。子壺の入り口だろうか、奥の天井にはコリコリする丸い膨らみがあった。

竜介は天井をこすりながら、ゆっくりと指を引き抜いた。小夏は懸命に喘ぎを堪えて肌を強ばらせ、それでもびくっと下腹を波打たせた。

「では、今度はお尻を……」

てきてくれた。
　言うと、小夏は自分からうつ伏せになり、四つん這いになって白く形良い尻を突き出し
　いつものことながら、この無防備な体勢は興奮する眺めだった。まして相手は旗本の娘
である。それが自分などの顔の前に、尻を突き出しているのだ。
　竜介は、まだ蜜汁に濡れている人差し指を、可憐な薄桃色の肛門に押し当て、ゆっくり
と押し込んでいった。
　これは、順番が逆だといけないだろう。肛門に入れた指を膣口に入れるわけにはいかな
いので、やはり陰戸が先で尻が後だ。
「あう……」
　ずぶっと指が入っていくと、小夏が顔を伏せたまま呻き、くねくねと尻を動かした。
　さすがに膣口ほど濡れていないし、きつい感じがした。しかし角度さえ合えば、指はす
んなりと根元まで潜り込んでいった。
　滑らかな内壁を探り、指を回転させて上下左右をこすった。
　もちろん何の異常も感じられず、竜介はすぐに指を引き抜きにかかった。小夏が息を詰
め、排泄するようにもぐもぐと肛門を収縮させた。
　指がぬるっと抜けると、僅かに肉を盛り上げた肛門が徐々に可憐な蕾に戻っていった。

指に汚れの付着もなく、爪に曇りはないが、嗅いでみるとほのかに生々しい匂いが感じられた。

竜介は、いったん手桶の水で指を洗い、手拭いで拭いた。その間に小夏は再び仰向けになり、すっかり上気した肌を喘がせていた。

「では、味を見てもよろしゅうございますか」

竜介は言った。舐めはじめたら、そのまま一気に情交まで進展してしまうだろう。もう待ちきれない思いだった。

しかし、小夏は首を横に振った。

「まだ。子供が川で溺れたときなどは、どのようにする」

「はい。顔を横向きにして水を吐かせます」

「それでもまだ息をしていなかったら」

「口移しに、息を吹き込めばよろしいですか」

「では、してみるように」

言われて、竜介は胸を高鳴らせながら屈み込み、小夏に口を重ねていった。顔の角度はちょうど直角で、開いた口がぴったりと密着した。

息を吹き込んでみたが、これで良いのかどうか分からない。

「もっと、このように」

すると小夏が口を離して身を起こし、入れ代わりに彼を仰向けにさせてきた。

そして上から唇を重ね、彼の首の後ろに手を当て、上向き加減にしてから強く息を吹き込んできた。

「く……！」

竜介は、かぐわしい息で口から肺臓まで満たされて呻いた。全身に、美女の匂いが染み渡ったようだった。

「今のように首を浮かせ、気道を真っ直《ま》ぐ《す》にしてから吹き込むように」

「承知いたしました」

竜介が答えると、小夏は彼の帯を解きはじめ、着物を脱がせて、自分と同じく全裸にさせてしまった。

いよいよ勉強も終わって情交が始まるのか、と思ったが、今度は小夏が検診の練習を始めた。彼の首筋に手を当てて脈を測り、胸や腹に耳を当てて聞き、手のひらで肌のあちこちを圧迫した。

さらに彼女の顔が股間へと近づき、もう隠しようもなく勃起している一物周辺を嗅ぎ、脚を浮かせて肛門にも鼻を押しつけてきた。熱い息が股間に籠もり、竜介は息を弾ませて身をよじった。

小夏はそのまま、彼をうつ伏せにさせ、さっき自分が取ったと同じ格好にさせた。

そして、おそらく指を舐めて濡らしたのだろう。肛門に当てがい、ゆっくりと押し込んできたのである。

「あうう……！」

竜介は違和感に呻き、拒むようにキュッと肛門を引き締めた。しかし、唾液にぬめる指は容赦なくズブズブと奥まで侵入し、何やら彼は処女を失ったような気になった。

小夏は内部で指を回転させ、上下左右の内壁を探った。そして異常が認められなかったか、ゆっくりと引き抜きはじめた。

「アア……！」

竜介は声を上げ、甘美な痛みと排泄に似た感覚に身悶えた。そして同時に、小夏の指を汚しはしなかっただろうかと激しく気になった。

完全に指が離れると、小夏も手桶で指を洗って拭った。

そして彼女は何と、自分から仰向けの竜介の顔に跨ってきたのだ。彼も身構え、さあ、これでいよいよ情交に突入するのだろうと思った。

しかし彼女は、まだ表情を引き締めていた。

「さあ、今度は味を見て。ほんの少しだけだから……」

小夏は言い、彼の顔にしゃがみ込んだまま、下腹に力を入れはじめたのだ。

竜介は舐めるのも忘れ、柔らかな茂みに籠もる悩ましい匂いに鼻を刺激されながら、口を押しつけてそのときを待った。

間もなく、小夏の下腹がびくんと波打ち、竜介の口に温かな流れが注がれてきた。

五

「ああ……、飲んで……」

小夏が喘ぎ、ゆるゆると放尿しながら股間を押しつけてきた。

「く……」

竜介は息を詰め、口に侵入するものを必死に喉に流し込むのが精一杯だった。

それは温かく、心地よく喉を通過した。しかし勢いが増すと飲むのが追い付かず、思わず噎《む》せ返りそうになって口から溢れさせた。

それでも、実際ゆばりは少ししか溜まっていなかったのだろう。流れはすぐに収まり、ようやく竜介は咳き込むこともなく、あらためて淡く上品な味と匂いを堪能することが出来た。

彼は舌を差し入れて、びしょびしょに濡れた割れ目内部を舐め回し、余りの雫《しずく》をすすった。膣口の周りの細かな襞と、コリッと突き立ったオサネを舐め上げると、たちまち残尿を洗い流すように大量の蜜汁が溢れ出し、淡い酸味を含んで舌の動きをヌラヌラと滑らかにさせた。

「アア……、いい気持ち……」

小夏も、もう勉強は終わったようで、本格的に喘ぎはじめた。

竜介はオサネを集中的に舐め、どんどん滴ってくる蜜汁をすすり、さらに尻の谷間にも潜り込んで、さっき舐められなかった肛門に鼻を埋め込んだ。秘めやかな匂いを堪能してから舌を這わせ、細かな襞の震えと収縮、内部のぬるっとした滑らかな粘膜を執拗《しつよう》に舐め回した。

「あう……、もっと奥まで舐めて……」

小夏が、ぎゅっと彼の顔に座り込み、熱く濡れた割れ目を鼻に押しつけながら言った。

しかし、舌の長さは限界があり、それ以上肛門に潜り込ませることは不可能だった。

それでも懸命に内部でくちゅくちゅと蠢かせ、竜介は顔中を淫水にまみれさせながら濃厚な愛撫を続けた。

するとと小夏が、自分から尻を引き離して移動し、もう一度オサネを彼の口に押しつけてきた。竜介は新たな蜜汁を飲み、オサネに吸い付いた。

「ああッ……、もう堪らない……」

小夏は声を上ずらせて言い、とうとう股間を引き離し、今度は自分が彼の一物に顔を埋め込んできた。貪《むさぼ》るように肛門とふぐりを舐め回してから、屹立した一物にむしゃぶりついてきた。

温かく濡れた口腔に根元まで納め、激しく吸い付きながら舌をからみつかせた。

「アア……、小夏様……」

竜介は快感に喘ぎ、腰を抱える彼女の手を握った。

小夏はすぽすぽと口で摩擦し、熱い息を彼の股間に籠もらせながら肉棒を唾液にまみれさせ、張りつめた亀頭をしゃぶり回した。

「も、もう……」

降参するように竜介が言って腰をよじると、小夏もすぐにチュパッと口を離した。昼間精汁を飲んでいるから、今度は正規の交接をしたいのだろう。

彼女はすぐに身を起こし、仰向けの竜介の股間に跨《また》がってきた。そして茶臼で一物を陰戸に受け入れながら座り込み、ぴったりと股間同士を密着させた。

「ああーッ……！　いいわ、すごく……」

深々と貫かれ、小夏が顔をのけぞらせて口走った。

竜介も、熱く濡れた柔肉に締め付けられ、危うく挿入時の摩擦だけで漏らしそうになるのを必死に堪えていた。

小夏は座り込んだまま、しばしグリグリと腰で円を描くように動かしてから、やがて覆《おお》いかぶさるように肌を重ねてきた。竜介は互いに肩を抱き合うようにしがみつき、下から股間を突き上げはじめた。

溢れる蜜汁が彼の内腿までも濡らし、下の布団を湿らせていった。

「吸って……」

まだ絶頂を惜しむように息を詰め、小夏が言いながら乳房を押しつけてきた。

竜介も潜り込むようにして柔らかな膨らみに顔を埋め、肌の匂いを嗅ぎながら乳首に吸い付いた。

舌で転がし、軽く歯を当て、もう片方も念入りに愛撫すると、次第に小夏の肌ががくがくと波打ちはじめ、その勢いが止まらなくなってきてしまった。

「い、いきそう……、突いて……」

小夏が言い、腰の動きを速めてきた。

竜介は彼女の胸から顔を離し、動きを合わせて股間を突き上げ、互いに激しく高まっていった。唇を求めると、小夏も熱くかぐわしい息を弾ませながら舌を差し入れ、貪るように舐め合った。

彼は美女の唾液と吐息に酔いしれ、とうとう肉襞の摩擦に巻き込まれ、そのまま絶頂に達してしまった。激しい快感が全身を貫き、ありったけの熱い精汁が勢いよく柔肉の奥にほとばしった。

「ンンッ……！」

小夏は唇を重ねながら熱く呻き、自分もがくんがくんと狂おしい痙攣を開始した。内部に熱い噴出を受け、それで彼女も気を遣ってしまったようだ。

どくどくと精汁が脈打つように飛び散るたび、艶かしい収縮と蠢動《しゅんどう》を繰り返す膣内が、味わって呑み込むように一物を締め付けてきた。

「ああッ……、何ていい気持ち……！」

とうとう苦しげに口を離し、唾液の糸で互いの口を結んだまま小夏が口走った。

やがて竜介は最後の一滴まで放出し尽くし、徐々に動きをゆるめていった。

小夏も満足げに硬直を解き、次第にぐったりと力を抜きながら彼に体重を預けてきた。

ようやく二人は動きを止め、溶けて混じり合ってしまうように股間と肌を密着させたまま、荒い呼吸を繰り返した。

竜介はすっかり堪能し、小夏の甘酸っぱい吐息を間近に嗅ぎ、内部でひくひくと一物を震わせながら、うっとりと快感の余韻に浸り込んだ。

小夏も相当に良かったようで、しばらくは起き上がることも出来ずに重なったまま肌を波打たせていた。

「情交とは、どうしてこのように心地よいのだろう……。今まで、なぜもっと早くしておかなかったのか……」

小夏が、彼の耳元で熱く呟いた。

「私もそう思います。手すさびに明け暮れていた頃から、より多くの女を知っていれば、もっともっと多くの経験が身に付いたでしょうに……」

「お前はまだ若い。それより早く知るのは問題だろう」

竜介が言うと、小夏はたしなめるように言って膣内を締め付けてきた。

「本当に、すればするほど良くなる……。他の男としても、これほど良くなるものだろうか……」

小夏は囁きながら、何度となく彼の鼻や頬に唇を触れさせ、時にはぬらりと舌を這わせてきた。まだ快感がくすぶり、再び高まろうとしているのかもしれない。

そして竜介も、交わったまま顔を舐められ、再び内部でムクムクと大きくなってきたのである。

「お前は、私以外、お美和などともしていよう。誰が相手でも心地よいか……」

小夏が、彼の目の奥を覗き込みながら甘い息で言う。

「え、ええ……、もちろん誰とでも心地よいですが、互いの淫気が一致したときが最高かと……」

竜介は言葉を選びながら答えた。もちろん彼が美和の母親の八重どころか、冴とまで情交しているとは小夏は夢にも思っていないだろう。

「ふん、生意気な……。私に不思議な力があれば、お前を私としか情交できなくさせてやるのに……」

小夏は囁きながら、徐々に腰の動きを再開させてきた。

やはり竜介は、自分は何かしら女を惹きつける要素を持っているのだろうかと思った。

そして小夏の動きに合わせて腰を突き上げはじめると、いつしか一物は小夏の内部で、元の大きさに戻ってしまっていた。

「あうう……、いつの間にか、中でまた大きく……」

小夏は言い、彼の急激な回復を喜ぶように、きつく締め付けながら本格的に動きはじめた。竜介も彼女にしがみつきながら腰を動かし、大量のぬめりにまみれて滑らかに出し入れをした。

どうせまだ宵の口だ。続けて出せば、今夜もぐっすり眠れるだろう。

いや、小夏と一緒に寝るのだから、二回だけでは済まないかもしれない。

そんなことを思いながら竜介は、再び潜り込んで乳首を吸い、軽く嚙みながら愛撫を繰り返した。

「ああ……、ま、またすぐいきそう……、もっと突いて、奥深くまで……」

小夏が声を上ずらせ、自分も屈み込んで竜介の乳首に歯を立ててきた。

「あう、もっと……」

竜介が喘ぐと、小夏はきりきりと綺麗な歯を食い込ませ、甘美な刺激を与えながら狂おしく腰を動かし続けた。そして彼を抱きすくめたまま、ゆっくりと反転してきたのだ。

「上になって……」

小夏が言い、二人は繫がったままごろりと寝返りを打ち、たちまち竜介が上になった。

彼は柔肌に身を預けながら激しく律動し、柔らかな乳房を胸で押しつぶしながら唇を求めた。

「ンンッ……！」

小夏は彼の舌を吸いながら呻き、狂おしく腰を跳ね上げて、続け様に絶頂を迎えてしまった。同時に竜介も、悩ましい膣内の収縮に巻き込まれ、あっという間に果ててしまった。

そして立て続けの二度目とも思えない快感の中、ありったけの精汁を絞り尽くすまで腰を動かし続けたのだった。

第六章　蜜汁に濡れた花嫁衣装

一

「実は、お美和が婿を取ることになりました」

八重が、養生所へ来て言った。すでに小夏も帰ったあとの夕刻であった。

「そうなのですか。それはまた急な……」

竜介は驚き、もう美和を抱けないのだと思うと胸が打ち沈んだ。せっかく良くなったのだし、快感にも目覚めかけているので、まだまだ美和の肉体には未練と執着が強くあったのだ。

「はい。まさに憑き物が落ちたといった感じでしょうか。どうせ竜介様と一緒になれない身ならばと、前に紹介したことのある私の遠縁、芝《しば》で小間物屋をしている次男坊なのですが、それで良いと」

八重が言う。話では、十九になる働き者の優しい男で、仙二《せんじ》という名らしい。

「もう、お決まりになったのでしたら、おめでとう存じます」

竜介は、胸の痛みを堪えながら言った。

「はあ、竜介様にはお世話になりっぱなしで、手のひらを返すようでございますが」

「いいえ、私も深い仲になるのは心苦しく思っておりましたから、お美和さんさえそれで良いならば」

何度も山吹町で一夜を明かしたのだから、八重も二人の関係ぐらい察していることだろう。だから竜介も正直に言った。

「左様ですか。それで、やはり何度もお助け頂き深いご縁があるわけですから、どうしても婚礼の日には竜介様にも、とお美和が。もちろん私もうちの人も異存はございませんが」

「はい。そちら様さえよろしければ、私は」

「そうですか。それは嬉しゅう存じます。日は、次の吉日。五日後となります」

「わかりました。では湯島へお邪魔いたします」

竜介が言うと、八重も安心したように頷いた。

結局、もう美和は養生所での賄《まかな》いも辞め、今は湯島の店を手伝いながら花嫁修業をしているという。

「では、もう妙なことも起こりませんね」

「はい。大丈夫でございます」

「それは良かった。まあ、だからこそ婿を取る気にもなったのでしょう」

「でも、私の方は……」

八重が言いよどみ、思い切って口を開いた。

「私とは、たまにはお目にかかって頂けませんでしょうか」

彼女が言う。竜介と美和の縁が切れ、かえってほっとしているのかもしれない。

「ええ、もちろん、内儀さんさえ嫌でなければ。何しろ内儀さんは、私にとって最初の女なのですから」

竜介は言い、さっきから股間が怪しくなっていたが、今こそ激しく勃起しはじめてきてしまった。

「ああ、良かった。それで今夜は」

「はい。もう夕餉も済み、何も用事はございませんが」

「ならば、ほんの少しだけでも……」

八重は、たちまち淫気を湧き上がらせたようににじり寄ってきた。

もちろん竜介に否やはない。すぐにも彼は八重を抱きすくめ、唇を求めてしまった。

八重もしなだれかかり、紅が塗られぽってりとした肉厚の唇を寄せてきた。半開きの口からは、光沢あるお歯黒の歯並びが覗き、間からは熱く甘い息が洩れていた。

唇を重ねると、さらに濃い芳香が感じられ、濡れた口がぴったりと吸い付いてきた。

竜介は舌を差し入れ、美和の母親の口の中を舐め回した。今まで何度となく世話になってきたが、この熟れた感触と色っぽい面立ち、唾液と吐息を感じるたび、胸の底まで甘ったるい気分にさせられてしまう。

同じ年上でも、冴や小夏と違って、年齢も倍以上だから身も心も甘えることが出来るのだろう。

八重もぬらぬらと舌をからみつかせ、熱く湿り気ある息を弾ませながら竜介の舌を貪《むさぼ》ってきた。やがて竜介は抱き合ったまま手を伸ばし、敷いた布団を引き寄せながら帯を解きはじめた。

彼女も舌を吸い合いながら、もどかしげに裾をからげてきた。やはり養生所では、全裸になるのがためらわれるのだろう。

先に竜介が構わず全裸になると、八重は彼を布団に押し倒してきた。そして顔を移動させ、一物に屈み込んできた。

「ああ……」

一気に深々とくわえられ、竜介は快感に喘いだ。

八重は根元まで含み、強く吸い上げながら内部で舌を激しくからみつけてきた。熱い息が恥毛をそよがせ、たちまち肉棒は温かな唾液にまみれた。

竜介自身は最大限に膨張し、美女の口の中で舌に翻弄されながら震えた。

八重は貪るようにしゃぶりつき、すぽんと口を離すとふぐりにも舌を這わせ、充分に唾液にぬめらせてから、再び亀頭を舐め回してきた。

「あうう……、どうか、私も……」

暴発を堪えながら言い、竜介が懸命に彼女の袖を引っ張ると、やがて八重は口を離して身を起こしてきた。そして彼に引っ張られるまま、裾をからげて竜介の顔に上から跨《また》がってきてくれたのだ。

二つ巴《どもえ》になるかと思ったが、やはり互いに舐め合うと集中できないのだろう。

「ああ……、恥ずかしい……」

八重が声を震わせて言いながら、陰戸を彼の鼻先に迫らせてきた。彼の知る中では八重が最も年上だが、それでも羞恥心と、男の顔に跨る抵抗感は拭い去れないようだった。

まして娘の恩人と思っているから、そうした感情はなおさらで、またそれ以上に淫気の高まりもあるのだろう。

竜介は下から八重の豊満な腰を抱えて引き寄せ、熟れた果肉を眺めた。

黒々と艶《つや》のある茂みからは馥郁《ふくいく》たる体臭が漂い、はみ出した花弁は大量の蜜汁にまみれていた。奥に覗《のぞ》く柔肉も悩ましげに息づき、膣口には白っぽい粘液もまつわりついていた。

舌を伸ばし、割れ目内部に差し入れていくと、

「アアッ……！」

八重は自分から腰を沈め、割れ目を彼の口に密着させてきた。

茂みに鼻をうずめると、さらに濃い匂いが鼻腔を刺激し、淡い酸味の蜜汁が舌を伝って彼の口に流れ込んできた。

彼は執拗《しつよう》に膣口の襞を舐め回し、滴《したた》る淫水をすすり、突き立って光沢を放つオサネに吸い付いていった。

「ああ、気持ちいい……、そこ、もっと……」

八重が素直に口走り、オサネをグイグイと彼の口にこすりつけてきた。

竜介は必死に舐め回し、上唇で包皮を剝いて強く吸った。そして尻の真下に潜り込み、可憐な蕾に籠もる秘めやかな匂いを嗅ぎ、細かに震える襞に舌を這い回らせた。

何より、美女の尻の穴を真下から舐めているという状況が彼を燃え上がらせた。

「アア……、駄目、そこは恥ずかしいから……」

かつては挿入までせがんだくせに、やはり舐められることには抵抗があるようだ。八重はクネクネと白い尻を悶えさせ、新たな淫水を滴らせた。

竜介は充分に肛門内部の粘膜まで味わってから、再び舌をオサネに戻していった。

やがて果てそうになると、八重は自分から腰を浮かせ、茶臼で彼の一物を跨ぎ、ゆっくりと交接してきた。

屹立した肉棒が、ぬるぬるっと滑らかに陰戸に呑み込まれてゆき、やがて完全に股間が吸い付き合うように密着した。

「あうう……、何ていいの……、奥まで熱い……」

八重が息を詰めて言い、若い肉棒を嚙みしめるように膣内をきつく締め付けてきた。

竜介も温かな柔肉に包まれ、激しい快感に暴発を堪えた。

八重が身を重ねてきて、小刻みに腰を動かしはじめた。竜介も股間を突き上げ、豊満な肉体に下からしがみついていった。

そして早々と果てるのが勿体《もったい》ないので、まだ激しく動くことはせず、彼女の胸元を開いて豊かな乳房をはみ出させた。顔を潜り込ませて色づいた乳首を吸うと、着物の内に籠もった濃厚な体臭が馥郁と鼻腔に満ちてきた。

「アア……、いい気持ち、もっと強く吸って……」

八重が、息を詰めてせがんだ。大きな喘ぎ声を出さないのは、他の部屋にいる人に聞かれたくないのだろうが、それがかえって興奮を高めているようだった。

竜介は左右の乳首を交互に吸い、充分に愛撫してから顔を上げ、再び八重の唇を求めていった。すっかり濃くなった吐息の匂いに刺激され、彼は舌をからめて唾液をすすりながら、とうとう勢いをつけて律動しはじめた。

「ク……、ンン……！」

舌を吸い合いながら八重も動きを速め、熱く呻きながら大量の淫水を漏らしてきた。くちゅくちゅと濡れ雑巾でも叩くような音が響く中、たちまち竜介は肉襞の摩擦に昇り詰めてしまった。

「ああッ……！」

口を離し、快感に喘ぎながら大量の精汁をほとばしらせた。

「い、いく……、アアーッ……！」

同時に八重も気を遣ったように、声を震わせて狂おしく全身を痙攣させた。

竜介は、彼女の重みと温もりを感じ、かぐわしい匂いに包まれながら最後の一滴まで心おきなく射精し尽くした。

「アア……！」

八重も声を洩らしながら、徐々に肌の強ばりを解き、満足げに力を抜いていった。

竜介はようやく動きを止め、八重の吐息と唾液を求めながら、うっとりと快感の余韻に浸り込んだ。

「良かった……。これからもお願いします、何度も……」

八重が耳元で囁き、名残惜しげに潜り込んだままの一物をキュッキュッと締め付け続けていた。竜介は荒い呼吸を繰り返し、八重の温もりと匂いに包まれながら、このまま眠ってしまいたいほどの安らぎを得た。

二

「ああ、私や小夏にも婚儀の誘いがあった。行くつもりでいるが」

養生所に、冴が来て言った。

やはり越中屋は、娘を救ってくれた感謝の気持ちもあるだろうが、同時に旗本や武家の娘を祝い事に呼ぶことで箔《はく》をつけたいのかもしれない。

「そうですか。もうそちらにもお知らせが」

「ああ、おそらくお美和も、もう一人の魔性が死滅し、同時にお前への執着を断ち切ったのかもしれない。あるいは、どうせ一緒になれぬものなら、早めに婿を取ろうと思ったのだろう」

「はあ、何だか可哀想なことを……」

「自惚《うぬぼ》れるな。魔性を消すには、まず生娘でなくすことが肝要だった。お前でなくても良かったはず。もっとも、罪作りには違いないが」

冴が、じっと熱い眼差しで竜介を見つめて言った。

小夏は帰ったばかりだ。あるいは冴も、そうした時間帯を見計らってきたのかもしれない。早くも彼女の淫気が、甘ったるい匂いとなって伝わってくるようだった。

「しかし刀とは、それほど魔を払う力があるのですね」

「なあに、一種の暗示に過ぎないだろう。刀に不思議な力があるのなら、とうに私の悪い虫など消滅している」

冴は言いながら顔を寄せ、そのまま竜介の鼻の頭をぺろりと舐めてきた。

それで、もう空気が一変して言葉の要らない世界に入ってしまったようだ。

竜介が美女の甘酸っぱい匂いにうっとりとなると、冴はそのまま唇を重ね、彼を布団に押し倒してきた。

長い舌が潜り込み、温かな唾液を送り込みながら竜介の口の中を隅々まで舐め回した。

彼も舌をからめ、喉を潤しながら激しく勃起していった。

牙は獣のような熱い息吹を弾ませて執拗に唇を押しつけながら、彼の帯を解き、裾をからげて下帯まで取り去った。そして強ばりを握って唇を離すと、すぐにも彼の股間に屈み込み、一物にしゃぶりついてきた。

「ああ……」

竜介は唐突な快感に喘ぎながら美女の唾液に温かくまみれ、ひくひくと幹を上下に震わせた。牙は貪るように強く吸い付き、行儀悪くちゅぱちゅぱと音を立てた。

溢れる唾液がふぐりにまで伝い、それをたどって牙の舌が袋全体にも這い回った。睾丸を舌で転がし、さらに脚を浮かせて肛門まで舐め回し、舌先がぬるっと内部にまで侵入してきた。

「く……！」

竜介は肛門をつぼませ、柔らかく濡れた舌を締め付けた。こんな部分で武家娘の舌を感じるなど、何という贅沢な快感だろうと思った。

やがて彼女は竜介の前も後ろもしゃぶり尽くしながら、自分も脇差を置いて袴を脱ぎ、下半身を露わにしていった。

「して。好きなように……」

やがて牙は言い、胸も開いて仰向けになった。

竜介は身を起こし、まずは牙の足袋《たび》を脱がせて足裏から舐めはじめた。やはり女体は、末端からその味と匂いを堪能してゆきたかったのだ。

今日も激しい稽古を終えてきたであろう牙の足裏は逞《たくま》しく、汗と脂に湿った指の股は濃厚な匂いを籠もらせ、うっすらとしょっぱい味がした。竜介は両足とも、味と匂いが消え去るまでしゃぶり、やがて引き締まった脚の内側を舐め上げ、腹這いになって前進していった。

むっちりと張りのある、滑らかな内腿を舐め上げていくと、早くも牙の下腹は期待に波打ち、湿り気を含んだ熱気が彼の顔に吹き付けてきた。割れ目からはぬらぬらと大量の蜜汁が溢れ、肛門の方にまで滴りそうになっている。

竜介は身を進め、柔らかな茂みに鼻を埋め込んだ。胸いっぱいに吸い込むと、甘ったるい濃厚な汗の匂いと蒸れた体臭が微香に染み渡ってきた。いつものことながら、美女の生の匂いを感じる瞬間に、言いようのない悦びが感じられる。

陰唇の内側を舐め回すと、淡い酸味の蜜汁が、適度な粘り気を持って舌をぬめらせてきた。舌先で膣口の周りで入り組む細かな襞を掻き回し、柔肉をたどってオサネまで舐め上げていくと、牙がびくっと顔をのけぞらせて喘ぎ、内腿できつく彼の顔を締め付けてきた。

「アアッ……！」

竜介は牙の匂いに陶酔しながら蜜汁をすすり、執拗にオサネを刺激した。もちろん脚を浮かせて肛門にも鼻を埋め込み、秘めやかな匂いを味わい、舌先を押し込んで内部の粘膜まで舐め回した。

「もっと……、奥まで……」

牙が腰をよじって言うので、竜介は舌を引き抜き、濡れた肛門に左手の人差し指をズブズブと押し込み、陰戸には右手の二本の指を押し込んだ。そして膣内の天井を圧迫しながら、肛門に入れた指を出し入れし、再びオサネに吸い付いていった。

「あう……！　き、気持ちいい……」

牙は三点責めに身悶え、声を上ずらせて口走った。

竜介は腕の痺れを我慢しながら、懸命にそれぞれの穴に入った指で別の動きをし、オサネを断続的に吸い上げた。

「い、入れて……、早く……！」

たちまち牙が絶頂を迫らせて言い、ようやく竜介も前後の穴から指をぬるっと引き抜いた。指先を嗅ぐ余裕もなく身を進め、張りつめた亀頭を陰戸に押し当てて、一気に貫いていった。

「アアッ……！」

根元まで深々と押し込むと、冴は身を弓なりに反らせて喘いだ。

竜介も、滑らかな摩擦快感と温もりに息を詰め、股間を密着させながら身を重ねていった。はだけた胸元に屈み込んで乳首を吸うと、

「ああ……、嚙んで……！」

冴が、より強い刺激を求めて言いながら、ずんずんと股間を跳ね上げてきた。

竜介も腰を突き動かしながら、コリコリと硬くなった乳首を嚙み、もう片方も念入りに吸い付いて愛撫した。甘ったるい汗の匂いが馥郁と立ち昇り、乳首周辺の肌は淡い汗の味がした。

やがて突き上げる勢いが激しくなると、竜介も本格的に律動し、乳首から離れて汗ばんだ首筋に顔を埋め込んだ。冴も下からしがみつき、早くもガクガクと絶頂の痙攣を開始していた。

「ね、こうして……」

と、冴がいきなり傍らの脇差を抜き放ち、彼に握らせてきた。そして切っ先を、自らの

左の乳房に押し当ててきたのだ。

「そ、そんな……、困ります……」

竜介は戸惑い、初めて握った刀にガクガクと身体の芯を震わせた。しかし恐ろしいのに言いようのない興奮も湧き上がってきた。

「構わぬ。少々血が出てもいいから、押しつけたまま動いて……」

冴はとろんとした眼差しで言い、なおも股間を突き上げ続けた。

竜介は加減しながら刃を胸の膨らみに当て、妖しい興奮の中で律動を続けた。

切っ先が張りのある白い肌に食い込み、今にもぷつりと皮を裂きそうだった。

「アア……、いきそう……!」

冴が喘ぎながら激しく動くので、とうとう切っ先が肌を破ってうっすらと血が滲みはじめた。

彼は激しい興奮の中で高まり、唇を求めて舌をからめた。そしてかぐわしい吐息で鼻腔を満たしながら、とうとう大きな快感の渦に巻き込まれてしまった。

「く……!」

口吸いをしながら呻き、竜介は大量の精汁を放った。

「ああーッ……、いく、気持ちいい……!」

冴も口を離し、本格的な絶頂に狂おしく身悶えながら口走った。膣内の収縮に合わせ、竜介も精汁をドクドクと脈打つように注入し、やがて最後まで心おきなく出し尽くした。

冴は徐々に硬直を解いてぐったりとなり、竜介も体重を預けて荒い呼吸を繰り返した。

息づく肌の上でうっとりと余韻を味わい、潜り込んだままの一物を何度かぴくんと震わせた。

もちろんすぐに切っ先を引き離し、投げるわけにいかないので、なるべく遠くに脇差を置いた。

冴の左の乳房を見ると、乳首のやや下に浅い傷が印され、ぽつんとした鮮血の雫が膨らんでいた。彼は、まだ股間を密着させたまま屈み込み、舌を伸ばして血を舐め取った。淡い鉄分が舌を濡らしたが、幸いそれ以上血は出ずにすぐ止まった。

「申し訳ありません。お武家様の肌を傷つけてしまいました……」

つながったまま言うと、冴は小さく首を横に振っただけだった。よほど激しく気を遣ったようで、まだ声を発する気力も失せているようだ。

竜介は呼吸を整え、ようやく身を起こして股間を引き離した。

「く……」

ぬるっと抜けるときに、また冴は小さく声を洩らした。

逆流する精汁に混じり、大量の淫水が溢れ出て、割れ目から内腿、下の布団までがびしょびしょになっていた。竜介は懐紙で丁寧に拭ってやり、冴はじっとして、されるまま身を投げ出し、いつまでも荒い呼吸を繰り返していた。

竜介も一物を手早く拭ってから再び添い寝すると、冴はぎゅっと彼を胸に抱きすくめ、まだ余韻の波に漂いながらかぐわしい息を弾ませていた。

竜介が乳首に吸い付きながら傷跡を確認すると、もうそれと分からぬほど目立たなくなっていた。

「良かった……、今までで一番……」

冴が小さく言い、彼の額に唇を押しつけてきた。

三

「本当に申し訳ありません。お世話になりっぱなしで、いきなりこのような……」

美和が竜介に言った。

湯島の越中屋である。美和は離れで花嫁衣装になり、綿帽子をかぶってお化粧を整えてもらっていた。母屋ではすでに宴会が始まり、冴も小夏も参席していた。竜介もそのとき、婿になる仙二という男を見たが、実に優しそうで実直そうな男だった。正吉に酒をすすめられ、恐縮しながら赤い顔をして飲んでいた。

そして竜介だけ、そっと離れに呼ばれたのである。

「ではお嬢様、あとで呼びに参りますから」

化粧を整えると、女中たちは気を利かせて立ち去っていった。

「おめでとうございます。綺麗ですよ、とっても」

竜介は心から言い、明日から眉を剃ってお歯黒を塗る美和を名残惜しげに見つめた。

「どうか、最後にもう一度だけ……」

美和が身を寄せてきたので、竜介は戸惑った。

「え……、そんな……」

「大丈夫。親戚が全部到着するまで、しばらくは時間がございます」

美和は言い、そっと顔を迫らせ、紅の塗られた口を開いてちろりと舌を伸ばしてきた。

竜介も急激に欲情し、自分も舌を伸ばして触れ合わせた。せっかく塗った紅が乱れないよう、舌だけを触れ合わせるのは刺激的だった。

懐かしい、甘酸っぱい匂いの息に、ほのかな白粉《おしろい》の香りが混じって鼻腔をくすぐった。

甘く濡れた舌は柔らかく、口を触れ合わさず舐め合うのは激しく興奮した。

「ああ……、もう我慢できません……」

美和は言い、いきなり竜介の裾をめくりはじめた。

今日は竜介も正装し、といっても玄庵に借りた紋付き袴だが、とにかく裾をからげて下帯をずらし、勃起している一物を露出した。

美和は屈み込み、また唇は触れさせずに舌を伸ばして鈴口から亀頭全体をヌラヌラと舐め回してきた。

「く……」

竜介は激しい快感に呻いた。まさか、婚礼の直前に、花嫁衣装の美和から舐めてもらえるなど夢にも思っていなかったのだ。

たちまち亀頭が清らかな唾液にまみれ、それでもほんのりと紅が付着した。それが何やら激しく淫らに見えた。口を開いているので、通常よりも熱い息が大量に股間に籠もり、竜介も後戻りできないほど高まってしまった。

そして亀頭をしゃぶりながら、美和も裾をめくりはじめてしまったのだ。

竜介は股間を引き離し、彼女の股間に潜り込んでいった。内腿も、まるで白粉を塗ったように白く、今日の美和は身体中どこからもふんわりと甘い匂いが漂ってきた。

内腿の間を中心部まで顔を進めると、楚々とした茂みと、ぷっくりと丸みを帯びた割れ目が見えた。

指を当てて桃色の陰唇を開くと、中の柔肉は早くもヌメヌメと潤っていた。

あの真面目そうな仙二は、ちゃんと美和のこの部分を舐めるのだろうか。

そんなことを思いながら竜介は若草の丘に鼻を埋め込み、これまた懐かしい美和の体臭を胸いっぱいに嗅ぎながら舌を這わせていった。温かく濡れた柔肉と膣口を舐め回し、オサネまでゆっくりと舐め上げていった。

「アア……、竜介様……」

花嫁衣装の美和が、か細く喘いだ。

まさか、仙二との情交の最中に、急に感極まって自分の名を口走ったりしないだろうかと、竜介はそんなことも気になった。

とにかくオサネを舐め、大量に溢れてくる淫水をすすり、さらに白く丸い尻の谷間にも鼻を潜り込ませていった。今朝は湯屋に行ったのだろうか、残念ながら生々しい匂いはなく、竜介は舌先で蕾の襞を舐め回しただけだった。

そして前も後ろも充分に味わい、股間から這い出してくると、

「入れて下さいまし……」

美和が言いながら、四つん這いになって形良い尻を突き出してきた。仰向けになると髪

や綿帽子が崩れるから、両手を突っ張って後ろ取り（後背位）を望んだのだ。

竜介は膝を突いて股間を進め、後ろから尻の下に覗いている陰戸に先端を押し当てた。

そして位置を定め、感触を味わいながらゆっくりと挿入していった。

「あぁッ……、いい気持ち……」

美和が尻をクネクネさせて喘ぎ、ぬるぬるっと根元まで一物を受け入れていった。

後ろからだと、内部の肉襞も触れる部分が違い、新鮮な摩擦快感が彼を包み込んだ。

股間を密着させると、尻の丸みが柔らかく当たって弾んだ。

中は熱く濡れ、竜介は最初から勢いをつけて腰を前後させた。やはり、いつ女中が呼びに来るかも分からないので気が急いた。

ひたひたと肌のぶつかる音が響き、それに混じってくちゅくちゅいう湿った音が聞こえた。初夜を迎える前に、良いのだろうかという後ろめたさも快感に拍車をかけ、たちまち竜介は昇り詰めてしまった。

「く……！」

絶頂の快感に呻きながら、竜介は股間をぶつけるように律動し、ありったけの熱い精汁を内部にほとばしらせた。

「アアーッ……！　気持ちいい、竜介様……！」

美和も同時に気を遣ったように、がくがくと狂おしく身を揺すり、膣内を艶かしく収縮させた。

やがて竜介は最後の一滴まで出し切り、徐々に動きをゆるめながら余韻に浸り込んでいった。美和も硬直を解いてぐったりと突っ伏し、なおも陰戸を締め付け続けていた。

ようやく呼吸を整えると、竜介は一物を引き抜き、花嫁衣装を汚さないよう手早く懐紙で割れ目を拭った。そして一物も拭き清めて下帯と袴を整えた。

「ああ……、お名残惜しい……」

美和も、ようやく向き直って裾を直した。しかし、自分で決めたことなのだ。衣装の乱れを直した途端、彼女は気持ちを切り替えたように表情を引き締めた。

「どうか、お幸せになってくださいね」

「はい……。でも、仙二さんは、ちゃんと色々してくれるでしょうか……」

美和が言う。彼女もまた、真面目で大人しそうな婿に不安を抱いているようだった。

「お店の方さえ、ちゃんとやってくれれば彼の役目は足りましょう。それで情交に不満だったら、こっそり私に会いに来て下さい」

竜介は、虫の良い話だと思いつつ、そう言ってしまった。

「本当に、よろしいのでしょうか」

「ええ、いつでも。でも絶対に誰にも分からないように」

「はい。それはもちろん」

美和も、ようやく安心したように表情を和らげて答えた。

やがて女中が呼びに来て、美和はしずしずと離れを出て行った。少し遅れて、竜介も母屋に行って宴席に着いた。もちろんすでに宴もたけなわで、竜介が何をしていたか勘ぐるものは、冴と小夏の他には一人もいなかった。

「おお、何と艶《あで》やかな。仙二も果報者だなあ」

「ああ、確かに天神小町と呼ばれるだけあって、実に美しいじゃないか」

新郎新婦が上座に揃うと、仙二の親戚らしい面々が口々に言った。

すでに酒の入っていた来客も座り直して、厳《おごそ》かな三三九度の盃を眺め、正吉からの挨拶があった。

やがて再び砕けた席に戻り、竜介も冴や小夏から何度か酒を注がれた。

八重は、たまにちらりと竜介の方を窺《うかが》うが、多くの来客の相手に忙しそうだった。

美和も、ときたま竜介に目をやっては、また新婦らしく羞《は》じらいに俯《うつむ》いていた。

「もう、何も起こらないだろうな」

小夏がそっと囁く。

「ええ、もう大丈夫でしょう」

竜介が答えると、反対側から冴が言った。

「いや、あまりに仙二が遠慮して、ろくにお美和を満足させられなければ、何が起こるか分からぬぞ」

「おどかさないでください。お美和さんだって、ちゃんと相手に合わせますでしょう」

竜介は答えたが、とにかく不満ならいつでも会うからと、先に釘を刺すように美和を安心させておいて良かったと思うのだった。

宴席では謡《うたい》が始まり、仙二も実に控えめに一曲歌った。

そして隣近所の人たちが帰りはじめると、あとは家族と親戚だけ残し、竜介たちも帰ることにした。

「では、私たちはこれにて」

冴が代表して言い、竜介、小夏が辞儀をすると、

「おお、本当にどうも有難うございました。今後ともどうかご別懇に」

すぐに正吉が立って言い、玄関まで三人を見送ってくれた。振り返ると、やはり美和がチラリとこちらを見ていた。竜介も会釈をし、やがて三人で越中屋をあとにした。

「さて、少々飲んだが、稽古で酒を抜こう。お前たちは」

冴が伸びをしながら言った。今日も普段の格好、颯爽たる二本差しの男装だ。

「もちろん養生所へ戻ります。まだまだ病人の世話がございますので」

小夏が答えた。竜介も、早く堅苦しい紋付き袴を脱ぎたいので、途中で冴とは別れ、小夏とともに小石川へと戻った。

「良い式でした。幸せになってくれると良いのですが」

竜介は、玄庵から借りた衣装を畳みながら言った。

「ああ、良さそうな婿だからな」

「冴様や小夏様は、所帯を持たれないのですか」

「面倒なことはしない。冴先生は剣術一筋だし、私も女医師として人々に尽くしたいだけだ。もっとも、これから良い男に出会えば分からぬが」

小夏も、よそ行きの衣装を脱ぎながら答えた。

「離れで、お美和と何をしていた」

そして彼女は、まだ互いに着替えないうち、身を寄せて咎《とが》めるように囁《ささや》いてきた。

四

「何かするわけないじゃないですか。婚礼の前に……」

竜介は言ったが、いち早く下帯を剝ぎ取られてしまった。そして小夏は彼を布団に仰向けにさせ、近々と股間に顔を寄せてきた。

「淫水の匂いがする。それに、これは口紅の痕ではないか」

小夏は言い、とうとう見破ってしまったようだった。

「何と嫌らしい。花嫁衣装のお美和としてしまうとは」

「だって、紅が付いていたのだから、彼女の方から……」

「どっちにしろ、これはお仕置きだな」

「病人のお世話はよろしいのですか……」

「酒臭いまま世話をするわけにもいくまい。少し休憩する」

小夏は言い、自分も襦袢姿のまま屈み込み、一物にしゃぶりついてきた。

頰張りながら口をすぼめて強く吸い、紅を溶かすようにたっぷりと唾液にまみれさせながら舌をからみつかせてきた。

「ああ……」

竜介は喘ぎ、小夏の口の中でむくむくと勃起していった。

彼女も熱い息を弾ませ、彼の変化を楽しむようにしゃぶり続けた。やがて充分な大きさになると、ようやく口を離してくれた。

「小夏様、こうして……」

竜介は彼女の手を引っ張り、顔を跨いでもらった。小夏も厠《かわや》の格好でしゃがみ込み、すでに濡れはじめている陰戸を迫らせてきた。

竜介は下から腰を抱え、色づいた果肉を見上げながら舌を這わせていった。小夏も、すぐに遠慮なく座り込み、股間を押しつけてきた。

柔らかな茂みに籠もる匂いを嗅ぎながら、溢れる淫水をすすり、柔肉とオサネを舐め回した。

「アア……、もっと……」

小夏もすぐに喘ぎはじめ、クネクネと腰を動かしながら、濡れた割れ目を彼の顔中にこすりつけてきた。竜介はオサネを吸い、肛門にも鼻を埋めて秘めやかな匂いを嗅いで蕾《つぼみ》に舌を這い回らせた。

そして前も後ろも充分に舐めさせ、気が高まると、小夏は自分から股間を移動させ、仰向けの彼の股間に跨ってきた。

先端をあてがい、そのままゆっくりと腰を沈ませ、一物を根元まで受け入れていった。

「あう……、いい気持ち……」

小夏はうっとりと言い、しばしグリグリと腰を動かし、内部を締め付けて一物を味わった。そして屈み込みながら、彼の顔に乳房を押しつけてきた。竜介は乳首を吸い、噎せ返るような甘ったるい汗の匂いに包まれながら、夢中で愛撫した。

左右の乳首を交互に吸って舌で転がし、顔中を膨らみに埋め込みながら肌の匂いを味わい、時には軽く歯を当ててコリコリと刺激した。

「ああ……、堪らない……。なぜ、こんないやらしい男が好きなの……」

小夏は、自分に言い聞かせるように呟き、とうとう本格的に腰を動かしはじめてきた。

竜介も下から股間を突き上げ、濃密な摩擦運動をしながら小夏にしがみついた。

彼女は動きながら唇を重ね、ねっとりと舌をからめてきた。

自分で言うだけあり、甘酸っぱい吐息には酒の匂いも混じり、その匂いだけで竜介まで酔ってきそうだった。

とろとろと注がれる生温かな唾液で喉を潤《うるお》し、竜介は次第に突き上げる勢いを早めていった。

「ンンッ……！」

小夏も絶頂を迫らせながら熱く呻き、執拗に口を押しつけて舌をからませ続けた。

たちまち竜介は、大きな快感の津波に呑み込まれていった。

「ク……！」

口を吸われながら呻き、快感に身悶えながらありったけの熱い精汁を内部にほとばしらせた。すると噴出を感じ取った小夏も、がくがくと狂おしい痙攣を開始した。

「ああッ……！　もっと出して。何て気持ちいい……！」

口を離し、淫らに唾液の糸を垂らしながら小夏が口走った。そして絶頂の大波を受け止めながら身悶え、一物を締め付け続けた。

やがて竜介は最後の一滴まで搾り取られ、動きを止めてぐったりと身を投げ出した。

小夏も徐々に力を抜き、彼に体重を預けて放心状態になった。

「ああ……」

彼女は熱く甘い息で喘ぎ、それを嗅いで温もりに包まれながら、竜介もうっとりと快感の余韻を味わった。

小夏はなおも精汁を吸い取ろうとするかのように、膣内の収縮と締め付けを続け、それでもようやく落ち着いたように呼吸を整えはじめた。

しかし、いつしか小夏は肩を震わせて小さく嗚咽しているではないか。

竜介は、肌を重ねたまま驚いた。まさか、これほど気丈な旗本娘が泣くなど思ってもいなかったのだ。

「こ、小夏様……」

「しばらく何も言うな。私は泣き上戸なのだ」

小夏は顔を見られるのを嫌がるように、彼のうなじに顔を埋めながら答えた。

彼女は彼女で、幸せそうな花嫁を見て何か感ずるところがあったのかもしれない。あるいは過去の、好きで添い遂げられなかった男のことでも思い出したのだろうか。

竜介はしばし彼女の重みを受け止めながら、激情の波が収まるのを待った。

そして小夏の震えていた呼吸も平静になり、やがて溜息をつくと竜介もようやく安心した。彼は小夏の方へ顔を向け、涙に濡れた瞼《まぶた》と頬を舐めた。

彼女はじっと、されるままになっていた。

さらに竜介は、鼻水に濡れた鼻の穴を舐め、ひんやりした粘液をすすった。味は薄く、何やら適度な粘つきが淫水と良く似ていた。

竜介は美女の鼻水をすすって味わううち、徐々に内部で回復しはじめてしまった。まったく、美女の体液には実に過敏に反応してしまうのだ。

彼は舌先を小夏の左右の鼻の穴に差し入れ、粘液を吸いながら、口から洩れるかぐわしい息も嗅いだ。

「アア……、また、中で……」

小夏も、彼の回復を感じ取り、再び膣内の収縮を開始した。

竜介は、すっかり抜かずの二発が得意になってしまったように、腰の突き上げを再開しはじめてしまった。

「ああッ……、莫迦、何度するつもりなの……、これでは仕事が……」

小夏は言いながら、いつしか自分も突き上げに合わせて腰を動かしはじめていた。

たちまち逆流する精汁に混じり、新たな愛液が溢れて動きを滑らかにさせていった。

「ああ……、またいきそう……」

小夏が激しく動きながら口走り、その顔を引き寄せて竜介は唇を求めた。

彼女も相当に興奮を甦らせ、彼の口のみならず鼻の穴や瞼までまんべんなく舐め、さらに彼の頬にも、まだ滲んでいる涙と鼻水をこすりつけ、顔中をねっとりと粘液にまみれさせてくれた。

その刺激と芳香に、竜介はあっという間に二度目の絶頂を迎えてしまった。

「アア……、いく……！」

竜介が言うと、すぐに小夏も狂おしく身悶えはじめた。

「あぁッ！　こんなの、初めて……、アアーッ……！」

彼女はきつく膣内を締め付けながら、二度目の射精を受け止めた。竜介も心おきなく絞り尽くし、今度こそぐったりと力を抜いていった。

小夏は彼が完全に内部で萎《な》えるまで腰を使い、ようやく動きを止めて身を重ねてきた。

「お前が、一番の魔物……」

小夏が彼の耳元で熱い呼吸を繰り返し、湿り気ある息で囁いた。

竜介は二度目の余韻に浸り、身を投げ出しながら小夏の温もりに包まれていた。

そして呼吸を整え、今度こそ二人は股間を引き離して起き上がった。

汗をかき、小夏の酒もすっかり抜けてしまったようだ。そして萎えそうになる気力を奮い立たせ、何とか身繕いをしてから二人は裏の井戸端へ行って顔を洗った。

「さあ、まだ日は高い。働くぞ」

「はい」

言われて、竜介は彼女とともに病人を見て回り、各部屋や湯殿の掃除をしたのだった。

五

「本当に、お呼びだてして申し訳ございません」

美和が言った。竜介は、すっかり眉を剃り、お歯黒を塗った新造の風情を見つめた。

婚礼の五日ほど後である。湯島にある出合い茶屋で、奇しくも竜介が八重と初体験をした店であった。

「いいえ、今日は玄庵先生の家へ行く用事があるので、少々帰りが遅れても大丈夫なのです。今日ばかりは、怖い小夏様も見張っておりませんから」

竜介は言い、早くも美和の淫気を感じ取って股間が疼いてきてしまった。

昨夕、小夏が帰ったあと養生所に子供が使いに来て、竜介はこっそりと美和からの文を渡されたのである。それで今日、彼は約束の時間に湯島の出合い茶屋まで出向いてきたのだった。

玄庵から着物を借りっぱなしだったし、その礼も含めて一度彼の家を訪ねようと思っていた矢先なので、それを話すと小夏も快く外出を許可してくれたのである。

「それで、新しい所帯はいかがです？」

竜介は、気になっていたことを訊いてみた。どうせ、美和はその話題で彼を呼び出したのだろう。

「はい。お店のことはとても良くしてくれ、おとっつあんも頼りにしています。私にも優しいし、あとは早く子を作れとおっかさんが」

美和は、俯きながら答えた。お歯黒の口を見られるのが恥ずかしいのかもしれない。

「そう、お幸せならば私も安心しました」

「でも……」

美和は言いよどみ、竜介はそれを察した。

「すると、良い方なのだけれど、情交の方に問題が？」

「はい……」

美和は、図星を指されて顔を上げ、またすぐに俯いた。

「どうなさったのです？　初夜の日は行なったのでしょう？　それとも、血が流れず生娘ではないと疑われたとか？」

「いいえ、恥ずかしいからと真っ暗にしましたし、私が処理をして、すぐうちの人は眠ってしまいましたので」

「そう。では何が？」

「その、口吸いをしてお乳を舐めて、すぐに入れてきました。それから、やはり婿だから遠慮があるのか、この五日間で、あったのは三回ほど、一日おきぐらいです。普通は、毎日しますよね？」

「い、いや、それは……」

竜介は言葉を選び、唇を湿らせた。

「毎日というのは、ないと思いますよ。通常ならば三日か四日に一回ぐらいではないでしょうか。それに、特に淫気の旺盛な人でなければ、少しでも早く情交して子種を仕込もうとするはずで、陰戸を舐めるような人は少ないかも」

「そうなのですか……？」

「私の責任です。最初に出会った私が、特に淫気の強いたちだったため、お美和さんを大変に目覚めさせてしまいました。決して、仙二さんが悪いわけじゃありません」

言うと、美和は顔を伏せたまま帯を解きはじめた。

「今は何ともございません。でも、私が満足して気を遣らないと、また何か恐ろしいことが起きるかも……。どうか、私を鎮めて下さいませ……」

美和が、ほんの少し恨みがましさと、快感への期待を込めて言いながら、みるみる白い肌を露出させていった。

「そ、それは本当に大変……。せっかく丸く治まっているのですから、また異変でも起こったら大事です。どうか、してみたいことを私に存分に……」

竜介は帯を解いて着物を脱ぎ、彼もまた恐れと期待を抱きながら答えた。

あの不思議な力は、生娘時代の幻のようなものと思っていたが、新造になってからもくすぶっているとしたら、それを鎮めるのは竜介しかいないのである。

「本当に、してみたいことをしてもよろしゅうございますか」

「ええ、どうぞ……」

俯いていた美和が、いつしかじっと彼を見据えて言い、思わず竜介はゾクリと背筋を震わせながら答えた。

「では、寝て下さいませ。今日は、いっぱい舐めていただきます」

言われて、竜介は布団に仰向けになった。

すると美和は屈み込み、まずは口を重ねて舌をからめてきた。懐かしく甘酸っぱい息の匂いに、お歯黒の金臭い成分が混じっていた。

婚礼の日と違い、今日は存分に唇を重ねることが出来、竜介は激しく勃起しながら美和の唾液と吐息に酔いしれた。

「吸って……」

美和は口を離し、彼の口に乳首を押しつけて言った。

人が変わったように積極的になっているが、それは羞じらいを超えて淫気を前面に出しているると言うよりも、自身の秘めた力を出さないため、切羽詰まった行為をしているように思えた。

竜介は色づいた乳首を吸い、舌で転がしながら甘ったるい体臭を嗅いだ。美和はぐいぐいと押しつけ、もう片方の乳首も含ませてきた。

「ああ……、いい気持ち……、やっぱり、竜介様でなければ……」

美和は激しく喘ぎはじめ、胸元や腋から漂う匂いを濃くさせて悶えた。

「ここも、構いませんね……？」

美和は胸を引き離し、傍らに腰を下ろして足を浮かせ、竜介の顔に足裏まで載せてきたのだ。今までされてきたことを全部自分から行ない、魔性の高ぶりを抑えようとしているようだった。

もちろん、いかに婿養子とはいえ仙二には出来ないだろう。淫気というのは、一生ともに暮らす相手に延々と抱くことは出来ないものだ。夫婦は淫気のみで繋がっているわけではないからだ。むしろ夫に出来ないことを竜介にぶつけ、美和は心と身体の均衡を保とうとしているのである。

竜介は、ほのかな匂いを籠もらせている足裏と指の股をしゃぶった。

「アア……、私は何て、いけないことをしているの……」

美和は激しく息を弾ませ、爪先を彼の口に入れて指で舌を探った。そしてもう片方の足も同じようにし、それだけで気を遣りそうなほど身悶えはじめていた。

さらに彼女は身を起こし、仰向けの彼の顔に跨り、陰戸を押しつけてきた。

柔らかな茂みに鼻を埋めると、やはり懐かしい美和の匂いがした。

舌を差し入れると、そこはもう蜜汁の大洪水で、淡い酸味混じりの粘液がとろとろと彼の口に流れ込んできた。

「あうう……、もっと……」

オサネを舐めると、さらに美和は力を込めて座り込んできた。

竜介は執拗にオサネを舐め、半面を淫水でびしょびしょにさせながら、尻の真下にも潜り込み、秘めやかな匂いの籠もった桃色の肛門を舐め回した。これも、仙二は一生しない行為であろう。

「あん……、恥ずかしいけれど、気持ちいい……」

美和は前も後ろも彼の口にこすりつけ、とうとう絶頂を迫らせて自分から股間を引き離してきた。そして一物に屈み込むと、喉の奥まですっぽりと呑み込みながら激しく舌を蠢かせ、頬をすぼめて強く吸い上げた。

「く……」

今度は竜介が感じる番だ。温かな唾液にまみれながら、彼は美和の口の中でひくひくと幹を震わせ、最大限に膨張していった。

美和は熱い息を彼の股間に籠もらせ、一物をしゃぶり尽くすとふぐりを舐め回し、睾丸を舌で転がしてから脚を浮かせて、自分がされたように肛門まで念入りに舐めてくれた。

やがて彼が暴発する前に、美和はすぽんと口を離して身を起こし、そのまま一物に跨り、上からゆっくりと受け入れていった。

屹立した肉棒がヌルヌルッと根元まで潜り込むと、

「ああーッ……！」

彼女は顔をのけぞらせて喘ぎ、きゅっと膣内を締め付けてきた。

竜介も肉襞の摩擦に喘ぎ、温もりと感触に包まれて激しく高まった。

美和は何度か股間をこすりつけるように動かしてから、身を重ねて本格的に腰を前後させはじめた。

下からしがみついた竜介も股間を突き上げ、何とも心地よい摩擦を味わった。

「アア……、いきそう、すぐに……」

美和がかぐわしい息で喘ぎ、彼の頬や口に唇を押しつけてきた。

やはり仙二相手では大きな喘ぎ声を出すわけにもいかず、また喘ぐほどの快感も得ていないから、今は一気に欲望を吐き出しているようだった。

竜介は舌をからめ、唾液で喉を潤しながら突き上げる動きを速め、やがて待ちきれずに昇り詰めてしまった。

「う……！」

快感に呻き、彼はありったけの熱い精汁をほとばしらせた。

「い、いく……、すごいわ、ああーッ……！」

たちまち美和も口を離して声を上げ、がくんがくんと狂おしい絶頂の痙攣を起こした。

膣内の収縮も最高潮になり、竜介は最後の一滴まで吸い出されてしまった。

彼はすっかり満足して動きを止め、美和の匂いと温もりに包まれながら、うっとりと余韻に浸り込んだ。

「ああ……」

美和も満足げに声を洩らし、硬直を解きながらぐったりと力を抜いていった。

しばし二人は荒い呼吸を混じらせ、溶けてしまいそうなほど長く肌を重ねていた。

「良かった……。また会ってくださいましね……」

美和が息を弾ませながら囁き、これからも逃がさぬというふうにキュッと一物を締め付けてきた。

「ええ、もちろん……」

竜介は答えながらも、この分ではさらに美和は大胆になり、激しい行為を求めてくるだろうと恐ろしくなった。結局、もう一人の美和が起こす異変など大したことはなく、彼女自身が大いなる淫魔だったのかもしれない。

そして仙二は、いつまでも美和のこうした衝動に気づかないままなのだろう。

やがて美和は自分から股間を引き離し、すぐにも一物に顔を寄せ、淫水と精汁にまみれた肉棒をしゃぶりはじめた。

「あう……、どうか、もっと優しく……」

射精直後で過敏になっている亀頭を震わせながら、竜介は懇願するように言った。

「もう一度お願い。今度は後ろから……」

美和が言い、なおも肌を密着させてきた。

断われば、どんな異変が起きるかも分からない。竜介は恐れながらも、懸命に自分を奮い立たせるのだった……。

一〇〇字書評

切り取り線

購買動機（新聞、雑誌名を記入するか、あるいは○をつけてください）	
□（　　　　　　　　　　）の広告を見て	
□（　　　　　　　　　　）の書評を見て	
□ 知人のすすめで	□ タイトルに惹かれて
□ カバーがよかったから	□ 内容が面白そうだから
□ 好きな作家だから	□ 好きな分野の本だから

●最近、最も感銘を受けた作品名をお書きください

●あなたのお好きな作家名をお書きください

●その他、ご要望がありましたらお書きください

住所	〒				
氏名		職業		年齢	
Eメール	※携帯には配信できません	新刊情報等のメール配信を　希望する・しない			

あなたにお願い

この本の感想を、編集部までお寄せいただけたらありがたく存じます。今後の企画の参考にさせていただきます。Eメールでも結構です。

いただいた「一〇〇字書評」は、新聞・雑誌等に紹介させていただくことがあります。その場合はお礼として特製図書カードを差し上げます。

前ページの原稿用紙に書評をお書きの上、切り取り、左記までお送り下さい。宛先の住所は不要です。

なお、ご記入いただいたお名前、ご住所等は、書評紹介の事前了解、謝礼のお届けのためだけに利用し、そのほかの目的のために利用することはありません。またそのデータを六カ月を超えて保管することもありませんので、ご安心ください。

〒一〇一－八七〇一
祥伝社文庫編集長　加藤　淳
☎〇三（三二六五）二〇八〇
bunko@shodensha.co.jp

祥伝社文庫

上質のエンターテインメントを！　珠玉のエスプリを！

祥伝社文庫は創刊15周年を迎える2000年を機に、ここに新たな宣言をいたします。いつの世にも変わらない価値観、つまり「豊かな心」「深い知恵」「大きな楽しみ」に満ちた作品を厳選し、次代を拓く書下ろし作品を大胆に起用し、読者の皆様の心に響く文庫を目指します。どうぞご意見、ご希望を編集部までお寄せくださるよう、お願いいたします。

2000年1月1日　　祥伝社文庫編集部

うたかた絵巻《えまき》　長編時代官能小説

平成19年4月20日　初版第1刷発行

著者　睦《む》月《つき》影《かげ》郎《ろう》

発行者　深澤健一

発行所　祥《しよう》伝《でん》社《しや》

東京都千代田区神田神保町3-6-5
九段尚学ビル　〒101-8701
☎03（3265）2081（販売部）
☎03（3265）2080（編集部）
☎03（3265）3622（業務部）

印刷所　萩原印刷

製本所　関川製本

ISBN978-4-396-33354-6　C0193

祥伝社のホームページ・http://www.shodensha.co.jp/